角落小夥伴檢定官方指定用書

角落小夥伴

大圖鑑 增訂版

角落小夥伴檢定是什麼？

只要一搭上電車就躲在角落的位子、去咖啡廳就想找角落的座位……。
只要待在角落，不知為何就會覺得「好安心」嗎？
怕冷的「白熊」、沒自信的「企鵝？」、
被吃剩的(!?)「炸豬排」、害羞的「貓」、隱瞞真實身分的「蜥蜴」等
許多雖然有些內向卻各自擁有特色的「角落小夥伴」。

為了喜愛角落小夥伴、《角落小夥伴的生活》的大家，
日本推出可以快樂學習角落小夥伴魅力的「角落小夥伴檢定」。
出題範圍包括每個角色的個人資料、歷代的設計主題，
以及角落小夥伴粉絲一定要知道的問題。

不管有沒有參加「角落小夥伴檢定」
都一起來和角落小夥伴讀一讀這本《角落小夥伴大圖鑑增訂版》。

來吧！一起來徹底鑽研角落吧！！

contents

chapter **1**

角落小夥伴
與其他好朋友們
的簡介。 …4

chapter **2**

設計主題
簡介。 …15

chapter 4

角落小夥伴檢定的
模擬考
開始了。 ...185

chapter 3

其他
設計主題與
四季
角落小夥伴 ...165

 注意！ 左方符號在本書出現處，是P.186「角落小夥伴檢定模擬試題」的考前重點提示。正式檢定考時，說不定也會是出題重點，一定要仔細確認喔♪

chapter **1**

角落小夥伴
與其他好朋友們
的簡介。

P4-14_chapter 1
sumikkogurashi profile

character 01_shirokuma

白熊

注意!

從北方逃跑而來,怕冷又怕生的熊。
害怕冬天。
最喜歡熱茶、被窩等溫暖的東西。
手很靈巧。

BACK　　**SIDE**

重要　　　腳印

嬰兒時期

再也受不了
北方了…

拉拉…

在角落喝杯熱茶的時光
最讓人放鬆…

注意!

擅長畫畫

怕生…

抗寒大作戰
  z z…

LEVEL 1　　LEVEL 2　　LEVEL 3

各式各樣
妙用

裹布活用法

捏

捏 ♪

角落小夥伴們
簡介

5

企鵝?

我是企鵝?對「企鵝」這個身分，沒有自信。
從前從前，頭上好像有個盤子……
每一天都忙著尋找自我。

注意!

BACK　　　SIDE

最愛　　　腳印

興趣是讀書

正在
尋找自己…

可是
怎麼都找不到
有關綠色企鵝?
的記載……

謎樣的敵人?
夾子 →

企鵝?
常常被夾子
夾出角落。

以前好像
長這個樣子……?

!?

很久以前
被河水沖走了……?

注意!

噗噗噗

我行我素?

熱中
各種觀察

好快…

咻

最愛
小黃瓜♥

♪喜愛音樂♪

炸豬排

炸豬排的邊邊。
1%瘦肉、99%油脂。
因為太油,而被吃剩下來……

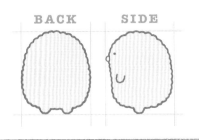

BACK　　SIDE

好友　　腳印

注意!

粉紅色的
部分是
1%的瘦肉

常常發呆

 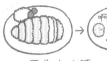

因為太油膩
而吃剩下來…

想起過去的心理創傷
偶爾會顯得心情沉重……

…

下雨天
會用乾燥劑除濕

滋～

偶爾泡個油鍋澡
回炸一下

注意!

常常被麻雀
偷啄麵衣…

醬汁♪

↓

加兩次

黃芥末

外帶包

~炸豬排自我推薦精選~

炸串

搭配
檸檬和番茄…

Ton katsu

撒…　　鹽

山葵

貓

容易害羞的貓。
個性怯懦,常搶不到角落。
雖然謙和溫馴,
卻因為太在意他人,所以常常把自己搞得很累。

BACK　　　SIDE

感情好　　腳印

喀哎
喀哎

個性謙和
常常關照旁人感受

理想體型
嚮往纖細身形
與長長的尾巴

青天霹靂
雖然
在意體型
但很愛吃

Q彈
Q彈
貓消除壓力的祕方
摸一摸軟Q粉圓

捶背
舒服…
非常的貼心♪
澆水
常常會打瞌睡
zz…
貓草

常待在角落
抓牆
有個地方躲
就感到安心…
喜歡貓罐頭、
魚、貓草
PREMIUM
貓草

蜥蜴

其實是倖存的恐龍。
怕被人抓，所以偽裝成蜥蜴的樣子。
對大家也緊守秘密……

BACK　　　SIDE

好友　　　腳印

一種
住在大海的恐龍
在大海生活時

和有類似祕密的好友
偽蝸牛感情融洽♪

嗯…
我是蛞蝓這件事
實在說不出口…

心裡藏著祕密的好友
知道蜥蜴身世祕密的
只有偽蝸牛

想到真面目
可能曝光…
就忍不住發料

時常想起
故鄉的大海與
母親…

最喜歡吃魚♪

愛吃魚的
好夥伴

哇　　　　　哇

在森林裡，以「蜥蜴」的身分
生活。也常常和角落小夥伴們
一起待在房間的角落。

游 ——

擅長游泳

朋友
蜥蜴（真正的）
←

最愛母親♥

//// minikko01_ebifurai no shippo ////

炸蝦尾

因為太硬而被吃剩下來……
和炸豬排是心靈相通的好友。

~炸蝦尾的經典推薦~

想起以前
身體很長的時候……

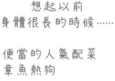

搭配
小番茄……

外帶包

仰慕著便當的人氣配菜
章魚熱狗

腳印

角落好朋友
\ 炸豬排 /

常和同為炸物好朋友
又是吃剩好朋友的
炸豬排在一起

塔塔醬

//// minikko02_tapioca ////

粉圓

奶茶先喝光，所以不好吸，
就被喝剩下來。

面無表情……　　　好多粉圓……

注意！

真是受夠了

個性彆扭

很愛
各種模仿

化身成橘子

注意！
摸粉圓的感覺
好好……

Q彈
Q彈

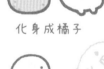
← 黑色粉圓
比一般的粉圓
個性更加彆扭

注意！

愛亂塗鴉

//// minikko03_furoshiki ////

裹布

白熊的行李。
常常被運用在不同用途上。

偶爾會
洗一洗

注意！

展開的狀態

靜一

拿去角落
占位子……

當作野餐墊……

角落好朋友
\ 白熊 /

當作靠墊……

用於禦寒……

臉
變大了

用於
搬運行李……

雜草

內心擁有一個夢想，希望有一天
能被製作成嚮往的花束，是積極小草。

雙腳是根
從腳吸收水分

愛交朋友

不放棄夢想

角落好朋友
貓

曾被沒睡醒的貓
當成貓草
咬了一口…

貓草

夢想能開出花來。
但在路上被踩來踩去，
所以長不大。

偽蝸牛

嚮往成為蝸牛，背著外殼的蛞蝓。
其實角落小夥伴們已經發現牠是蛞蝓。

在牆壁或天花板
都能自由自在的
移動

說了謊
心裡有些過意不去……

動不動就道歉

對不起
對不起

~偽蝸牛精選~

角落好朋友
蜥蜴

常常忘記
背上的殼……

失物招領

常常背著
不是殼的東西

飛塵

常常聚集在角落
無憂無慮的一群。

分裂會變小
聚在一起
會變大

待在垃圾桶
很安心？

那邊有好多

耶—

啪唰

壓扁了…

一踏出門，就會被風吹走

角落
小夥伴

怕水…

啾

麻雀

普通的麻雀。
對炸豬排很感興趣,常來偷啄一口。

常待在
附近
或飛或走

炸豬排的
麵衣
忍不住就……

忍不住

拉緊
……

盯~

和貓頭鷹感情融洽

對裹布裡面
裝著什麼
好像很好奇……

幽靈

住在閣樓的角落裡。
不想嚇到人,所以躲躲藏藏著。

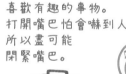

喜歡有趣的事物。
打開嘴巴怕會嚇到人
所以盡可能
閉緊嘴巴。

喜歡打掃。
閣樓很乾淨時,說不定是
因為幽靈在那兒…?

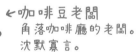

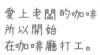

愛上老闆的咖啡
所以開始
在咖啡廳打工。

←咖啡豆老闆
角落咖啡廳的老闆。
沈默寡言。

瞄

炸竹筴魚尾巴

因為太硬而被吃剩下來。
覺得沒被吃掉很幸運。
個性積極正面。

朋友

好感情

原來的模樣

和炸蝦尾在商店相遇
結交為朋友

好懷念……

minikko10_fukuro

貓頭鷹

雖然是夜行性動物，
但為了可以常常見到好朋友麻雀，
努力在白天保持清醒。

和麻雀感情融洽

睡醒時

不倒翁？

偶爾會
睜大眼睛
據說能召來幸福

睡眠不足

minikko11_kinoko

蘑菇

住在森林裡的蘑菇。
一直很在意自己的蕈傘太小，
所以戴了一個大蕈傘在頭上。

蘑菇遇到了
偽蝸牛
無精打采

哇!?

↓

彼此相似？變成了好朋友

其他好朋友們

etc.01_yama

山

嚮往富士山的小山。
希望有一天可以長大成為富士山。

從柵欄往裡偷看
就變成了富士山

登山

曾經被攀登過！

注意！

紅富士

只要泡溫泉
就會變成紅富士

背面

etc.02_mogura

鼴鼠

住在地底的角落裡。因為上頭太喧鬧，
心生好奇而首次到地面上來。

喀吱
喀吱

對地面上遇到的
角落小夥伴們
充滿好奇

模仿
其他角落小夥伴

注意！

很喜歡紅紅的靴子

咚

企鵝(真正的)

白熊住在北方時認識的朋友。
來自遙遠南方,正在世界各地旅行。

個性友善,
不管是誰,都能
馬上變成好朋友

嗨

嘰哩　呱啦

聊往事

裹布
(橫條紋) →

企鵝(真正的)的重要行李。
裝滿了土產與回憶。

蜥蜴(真正的)

蜥蜴的朋友。是居住在森林裡的真蜥蜴。
個性不拘小節、無憂無慮。

和蜥蜴感情融洽

蜥蜴(真正的)還不知道蜥蜴
其實是隻恐龍……

不像…

?

注意!

蜥蜴的母親

\別名：史密斯/

倖存的恐龍。
生活在大海的角落。是個十分溫柔的母親。

傳說中現蹤在角落湖的水怪,
原來的真實身分是,
蜥蜴的母親。

曾與蜥蜴
一起生活。
現在因為某些原因
分隔兩地。

設計主題
簡介。

P15-164_chapter 2
sumikkogurashi theme

chapter

2

角落小夥伴年表

開始

2012年
9月

『角落小夥伴
初登場』♪ P18

2013年
4月

『這裡竟然有
角落小夥伴』主題 P20

2013年
9月

『角落小夥伴
有誰?』♪
主題
P23

2014年
2月

『心慌慌的角落 P26
小夥伴散步』
主題

『找到圓～圓的
小黃瓜?』♪
P30 主題

2015年
5月

『海軍扮裝遊戲
主題 P44

『角落小夥伴小屋
～好想住在這間小屋啊～』
主題
P40

2015年
2月

2014年
11月

『暖呼呼泡湯』♪
主題 P36

2014年
8月

『抱緊緊角落小夥伴』
主題 P33

『好～多
角落小小夥伴』
主題 P48

2015年
7月

2015年
8月

『壽司大會』
主題 P51

2015年
9月

We ♥
Sumikko
gurashi.

P56

『角落小夥伴
3週年』♪

2015年
10月

『自然風角落小夥伴』
主題 P58

2015年
11月

『角落咖啡廳』♪
主題
P60

2017年
2月

『角落小夥伴的便當』
主題 P82

2016年
11月

『暖烘烘貓日和』♪
主題
P79

『角落駄菓子屋』♪
主題
P74

2016年
8月

2016年
5月

『蜥蜴與母親』♪
主題
P70

『角落小夥伴圖鑑』♪
主題
P65

2016年
2月

16

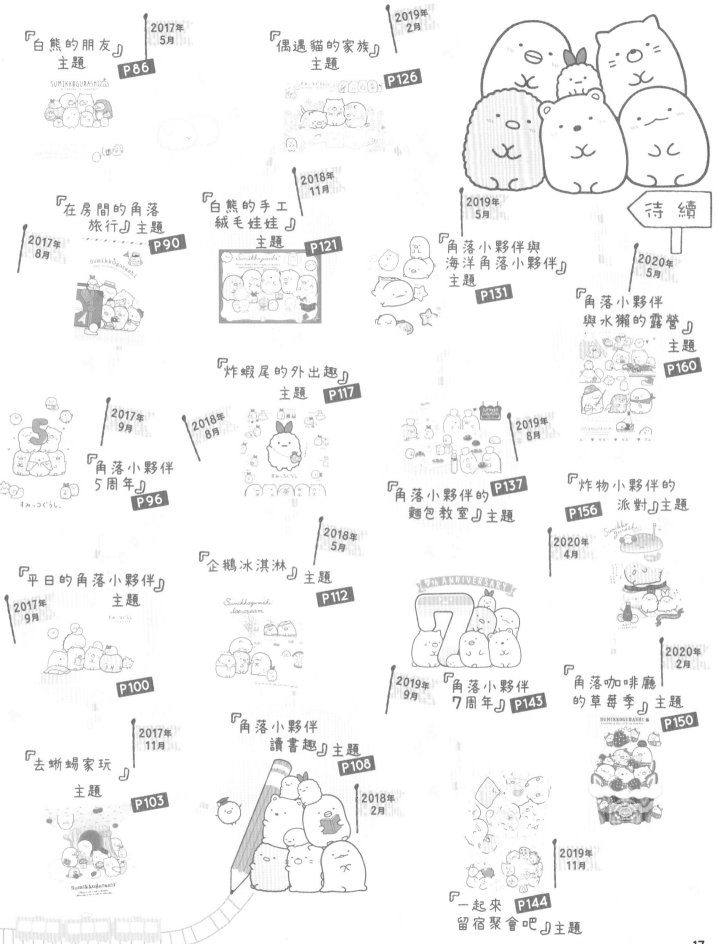

『角落小夥伴初登場』♪

清楚呈現出「角落小夥伴的生活」特色的出道插圖總整理。

只要待在角落，內心就能感到安心。
這個想法化為角色人物。
喜歡角落，討厭中心點。
只要被帶到中心點，會立刻跑回角落。
今天也待在某個角落裡，
自在的默默生活著。

這裡讓人好安心

角落小夥伴的習性

互相讓位　亂入搶位

!?　執著　移動

占位子　白天　夜晚

🔍 圖中小字建議使用放大鏡再閱讀。

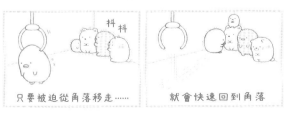

只要被迫從角落移走……　　就會快速回到角落

角落小夥伴

這裡讓人好安心

角落小夥伴

角落小夥伴

這裡讓人好安心

角落小夥伴

角落小夥伴

這裡讓人好安心

大家都只愛角落，所以中心點理所當然就空出來了……新穎的設計★

19

「這裡竟然有角落小夥伴」主題

在屋子裡各個不同角落生活著的角落小夥伴，聚焦他們的日常。

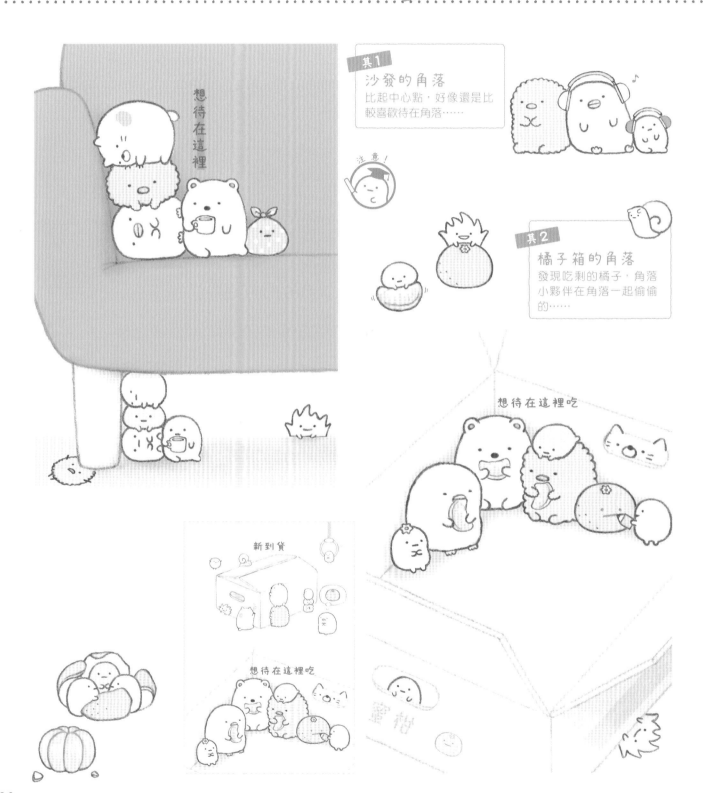

想待在這裡

其1

沙發的角落
比起中心點，好像還是比較喜歡待在角落……

注意！

其2

橘子箱的角落
發現吃剩的橘子，角落小夥伴在角落一起偷偷的……

想待在這裡吃

新到貨

想待在這裡吃

蜜柑

任何地方都有角落。
追尋令人心靈平靜的角落而來的角落小夥伴們。
在找到的角落,各自以自己的步調過著「角落小夥伴的生活」。

進來看看

其3
冰箱的角落
大家一起進去試試看,白
熊凍得渾身發抖……

其4
書架的角落
書架上有好多角落小夥
伴!似乎是很吸引角落小
夥伴的地點……

這裡竟然有
角落小夥伴

醬汁

炸豬排杯

智慧

陰乾

想窩在這裡看書

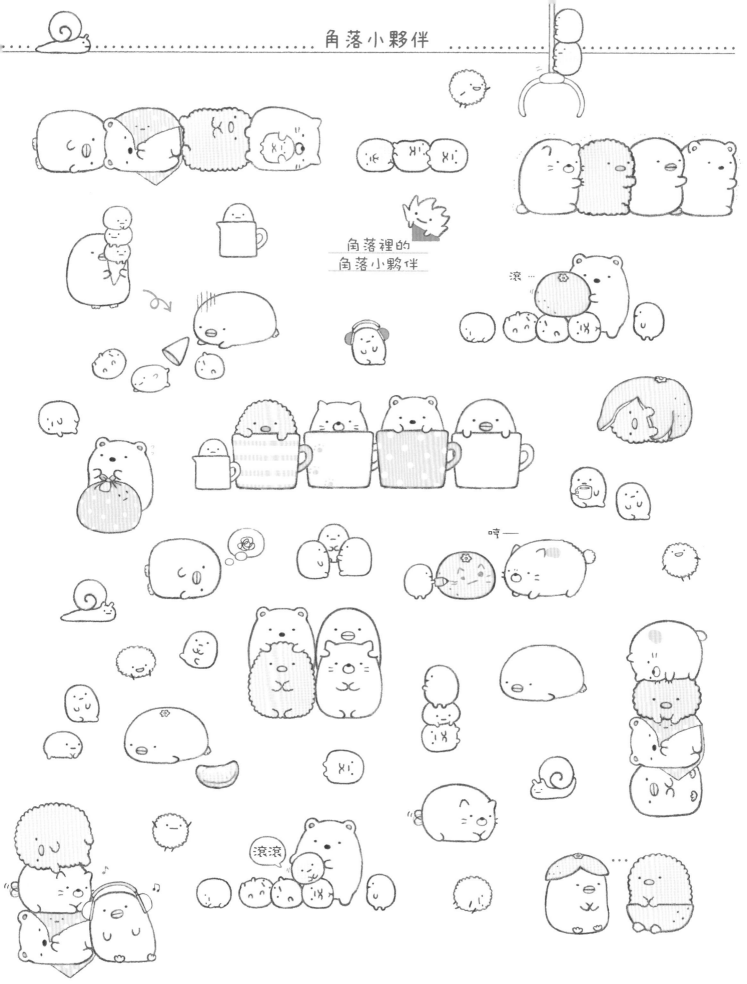

角落裡的
角落小夥伴

『角落小夥伴有誰？』

主題

從角落小夥伴們的各式各樣動作及姿勢，展現個人特質的主題。

🔍 圖中小字建議使用放大鏡再閱讀。

角落小夥伴

這裡讓人好安心

占位子

白熊

企鵝？

炸豬排

貓

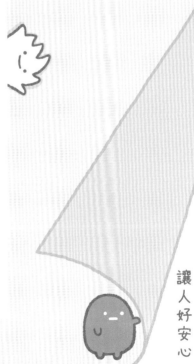

這裡讓人好安心

角落小夥伴的生活魅力滿溢。
好多教人忍不住莞爾一笑的姿態。

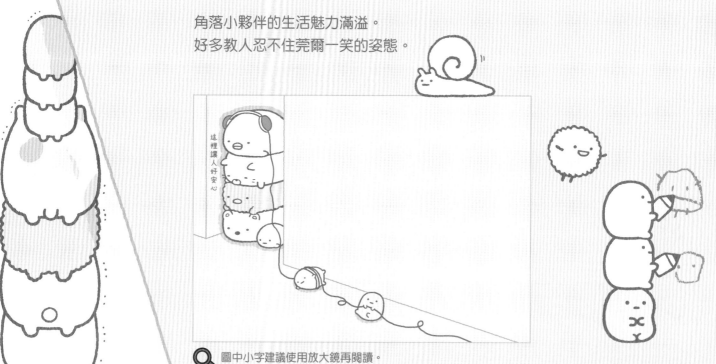

🔍 圖中小字建議使用放大鏡再閱讀。

說不出口
我是蛞蝓…

讓人更加認識
角落小夥伴們
各式各樣的pose♪

加兩次

游 ——

掌心絨毛布偶

白熊

企鵝？

炸豬排

貓

蜥蜴

「心慌慌的角落小夥伴散步」

主題

首次踏出「角落小夥伴的生活」，走進世界的契機。

搭電車
在角落睡過頭
休息 **2** 次

角落小夥伴
角落小夥伴散步

還是
這裡讓人最安心

起點

終點

注意！

搭搭電車、在樹蔭下
喘口氣、在地洞裡歇
一會兒……大家可以
安全無事，順利回到
原來的角落嗎？

找不到角落！
前進 **3** 格

雜草迷路了
休息 **1** 次

想回到平常的角落
休息 **1** 次

吃起了路邊的草
休息 **1** 次

掉到陷阱裡
休息 **2** 次

在樹蔭下吃午餐
休息 **2** 次

Sumikko

尋找自己
休息 **1** 次

長椅上的角落小夥伴
休息 **1** 次

圖中小字建議使用放大鏡再閱讀。

圖中小字建議使用放大鏡再閱讀。

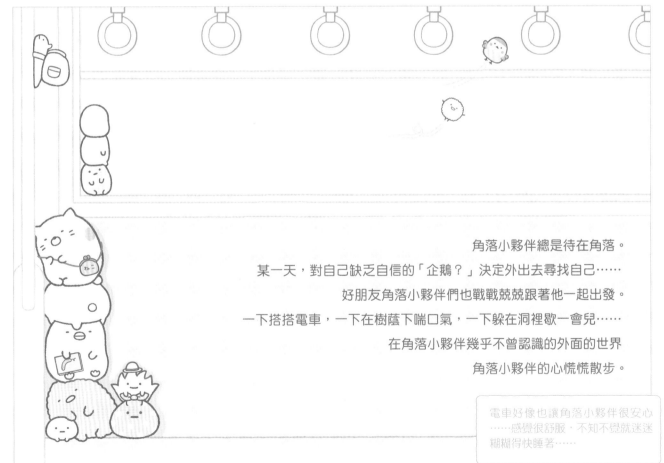

角落小夥伴總是待在角落。

某一天,對自己缺乏自信的「企鵝?」決定外出去尋找自己……

好朋友角落小夥伴們也戰戰兢兢跟著他一起出發。

一下搭搭電車,一下在樹蔭下喘口氣,一下躲在洞裡歇一會兒……

在角落小夥伴幾乎不曾認識的外面的世界

角落小夥伴的心慌慌散步。

電車好像也讓角落小夥伴很安心……感覺很舒服,不知不覺就迷迷糊糊得快睡著……

心慌慌的角落小夥伴散步

總是待在角落的「角落小夥伴」。

這裡讓人好安心

某一天，對自己缺乏自信的「企鵝？」說他要去尋找自己……

啪

心慌慌
角落小夥伴散步。

角落小夥伴

但是，還是……
這裡最讓人安心。

我回來了

角落小夥伴

光合作用

陰涼處午餐

曬太陽

曬太陽

Sumikko

好不安心

角落小夥伴
角落小夥伴散步

🔍 圖中小字建議使用放大鏡再閱讀。

心慌慌的角落小夥伴散步

散步中的
角落小夥伴們♪

掌心絨毛布偶

主題絨毛布偶

貓

企鵝？

雜草

會從樹洞裡
突然跳出來♪

『找到圓～圓的小黃瓜？』

主題

由企鵝？擔任主角。
超適合夏天的主題。
這是角落小夥伴的
第一個夏天!?

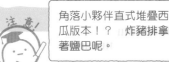

角落小夥伴直式堆疊西
瓜版本！? 炸豬排拿
著鹽巴呢。

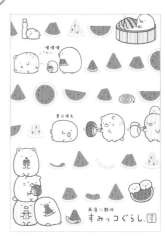

圖中小字建議使用放大鏡再閱讀。

找到圓～圓的小黃瓜？

這裡好涼爽

角落小夥伴

盬

蜥蜴突然出現在後方的窗戶偷看，大家有沒有發現到呢？

最愛小黃瓜的企鵝？
某一天，發現了圓形的小黃瓜。
裡面紅紅的，還有很多籽……
那不是西瓜嗎……？

🔍 圖中小字建議使用放大鏡再閱讀。

卡嗞…

卡嗞

嚕嚕嚕

角落小夥伴

冰冰涼涼

すみっコぐらし
角落小夥伴™

す

1 喜歡小黃瓜
夏天一熱就懶洋洋的企鵝？

卡嗞…

2 發現了又冰涼又圓的小黃瓜？

！

3 完全愛上圓形小黃瓜？

♪

卡嗞

4

噗噗噗

好多夏季風情的
角落小夥伴 ▼

『抱緊緊角落小夥伴』主題

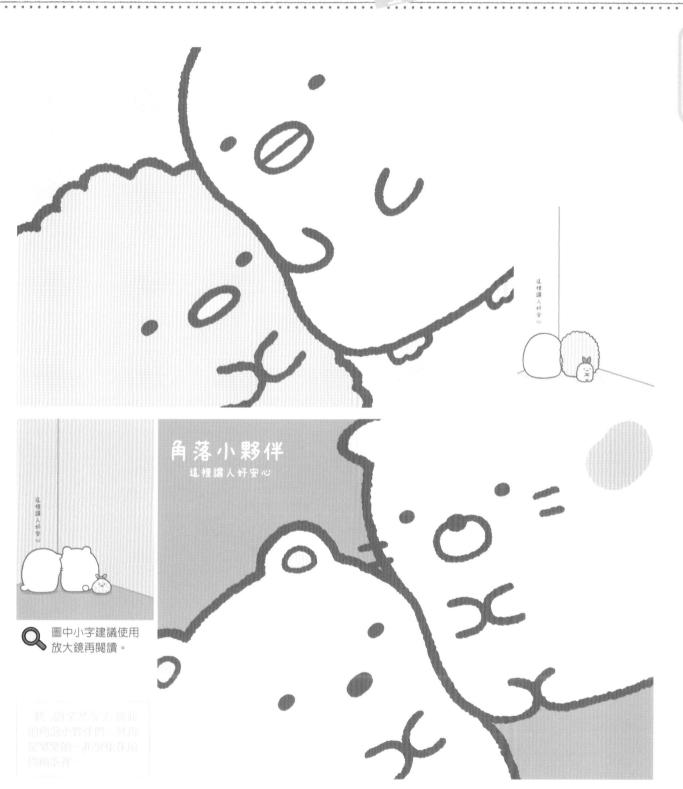

貼近角落小夥伴，緊緊聚集著的設計，是一個令人印象深刻的主題。

抱緊緊角落小夥伴

角落小夥伴
這裡讓人好安心

圖中小字建議使用放大鏡再閱讀。

角落小夥伴

脂肪含量 99% 的炸豬排…

簡潔而多杯的插圖，色彩鮮豔，賞心悅目。

圖中小字建議使用放大鏡再閱讀。

抱緊緊
角落小夥伴

『暖呼呼泡湯 』

主題

泡著溫泉,全身暖呼呼,
覺得好舒服的角落小夥伴們,
這是一個超溫暖的主題。

泡足湯放鬆一下的角
落小夥伴們。但是,
腳好像碰不到⋯⋯

足湯

角落小夥伴

暖呼呼泡湯

放鬆心情的角落小夥伴們，在溫泉鄉十分的優閒享受。炸豬排和炸蝦尾雖然不能泡溫泉，但是吃溫泉饅頭吃得好開心唷♪

怕冷的白熊，有一天說他想去溫泉，
從一直以來生活著的角落離開，前往溫泉。
其他角落小夥伴也很在意，跟著他一起出發……
大家抵達的地方是「角落溫泉」。
在溫泉的角落，一起暖呼呼的泡溫泉。

角落小夥伴
暖呼呼泡湯

山
崇拜富士山的小山。
出現在溫泉區
假扮成富士山。

木桶溫泉

粉圓溫泉

木桶溫泉

冷水泉

富士見溫泉

角落溫泉

木桶溫泉

喇叭拍

呼哇～

呼哇～

爬山

注意！

角落小夥伴小屋

～好想住在這間小屋啊～ 主題

想像角落小夥伴的理想小屋而創作出來。被喜愛的事物包圍著,大家都是好幸福的模樣!?

好多小房間,光看就讓人好興奮。仔～細的觀察,從每個人理想的房間裡,可以清楚發現角落小夥伴們各自的獨特性格喔。

Sumikko gurashi
konna ouchini sumitaina...

角落小夥伴們的理想生活!? 吃吃飯糰、發發呆、泡泡澡……
飛塵在時鐘裡躲貓貓！

PENGUIN?

什錦調味料

小黃瓜

蜜柑

FRY

OCA

在角落生活的角落小夥伴。
今天正在安靜的冥想著,
好想住在這間小屋啊⋯⋯
一起來看看,
大家理想中的角落小屋吧!

在小屋裡生活的
角落小夥伴們

角落小夥伴小屋
～好想住在這間小屋啊～

「海軍扮裝遊戲♩

主題

角落小夥伴們的海軍扮裝，是看起來清爽又可愛的主題設計。由蜥蜴擔任主角。

特寫角落小夥伴們，令人印象深刻的插畫設計。粉圓也出現各角落露個臉♪

Sumikkogurashi™

Feels like to be in the sea with wearing marine style.

Sumikko gurashi™

Feels like to be in the sea with wearing marine style.

搖搖

晃晃

Shirokuma

Tokage

Neko

Penguin?

Tonkatsu

Sumikkogurashi™

Feels like to be in the sea with wearing marine style.

Sumikkogurashi™

Feels like to be in the sea with wearing marine style.

如果搭上帆船的話……也會待在帆船的角落嗎!?
搖搖晃晃的，說不定會讓角落小夥伴們格外緊張呢……

Sumikkogurashi™

Feels like to be in the sea with wearing marine style.

海軍扮裝遊戲

Sumikkogurashi

蜥蜴對大家隱瞞著一個祕密，其實他是來自大海的恐龍。在角落獨自一人玩著，
思念故鄉的大海。一回神，其他角落小夥伴也聚集在他身邊……
大家一起嘻鬧著，玩著扮演海軍的遊戲。

蜥蜴
其實是隻倖存的恐龍。
怕被抓
所以假裝成蜥蜴的模樣。
曾經居住在大海裡。

貓
個性害羞
怯懦的貓。
雖然怕變胖
但是想吃好多魚。

白熊
從北方而來
怕冷的熊。
想去看看
南國的溫暖大海。

企鵝？
對自己是不是企鵝
沒有自信
正在尋找自我。
已經開始研讀大海的知識？

炸豬排
被吃剩的
炸豬排邊。
加上魚型醬汁瓶
有點大海的風味。

炸蝦尾
太硬，被吃剩。
對於大海
有種說不出的懷念。

粉圓

雜草

飛塵

裹布

偽蝸牛

放空～

海帶芽?

曬到剛剛好～♪

海軍扮裝遊戲

玩海軍扮裝遊戲
角落小夥伴的新造型★

掌心絨毛布偶

＼企鵝?／

主題場景絨毛布偶

發現
蜥蜴的塗鴉!

好緊張
大海有角落嗎?
出航～♪

＼白熊／

＼炸豬排／

粉圓
＼美人魚／

＼貓／

＼炸蝦尾／

『好～多角落小小夥伴』主題

角落小夥伴的小小夥伴們，角落小小夥伴們大特寫登場的主題。

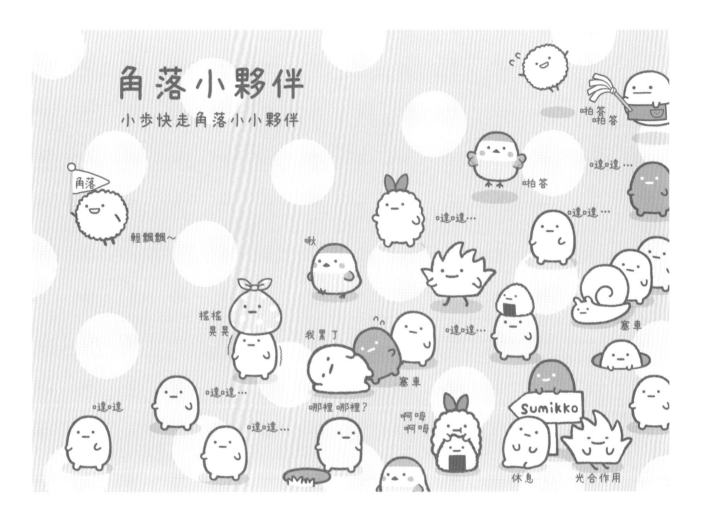

麻雀

裹布

小小的角落小小夥
伴超大特寫。
飛塵與雜草是積極
雙人組♪

好～多
角落小小夥伴

飛塵

雜草

炸蝦尾

御飯糰

粉圓

塞車

耶～!

一下四處閒晃
一下又靠緊緊……
角落小小夥伴的
特別篇★

占位子

盯～

我累了

炸蝦飯糰組

被吃剩…

Sumikko

掌心絨毛布偶

裹布

雜草

炸蝦尾

飛塵

偽蝸牛

麻雀

幽靈

粉圓
(黃)

粉圓
(粉紅)

粉圓
(藍)

黑色粉圓

『壽司大會』
主題

大人、小孩都喜歡，連角落小夥伴也愛!? 以大家都喜愛的壽司發想創作的設計主題。

變身成壽司的角落小夥伴們。看起來有說不出的幸福感。♪

炸豬排握壽司	白熊握壽司	企鵝？軍艦壽司	裹布福袋壽司	偽蝸牛卷	粉圓花壽司	薑片 & 芥末	粉圓稻禾壽司
蜥蜴湯	雜草手卷	貓福袋壽司	白熊稻禾壽司	貓鮪魚	炸豬排炸蝦尾握壽司	白熊炸豬排握壽司	貓薰鮭魚佐雜草

角落小夥伴 變身壽司大會

炸蝦尾握壽司	麻雀卷	白熊玉子燒握壽司	白熊薰鮭魚握壽司	貓稻禾壽司	企鵝？花壽司	粉圓茶碗蒸	白熊鮪魚肚

圖中小字建議使用放大鏡再閱讀。

白熊握壽司　裝飾葉　炸豬排握壽司

貓福袋壽司　芥末　蜥蜴花壽司

添飯擔當　企鵝？軍艦壽司　飯糰　白熊玉子燒握壽司

福袋壽司　貓熏鮭魚　企鵝？花壽司

醬油　炸豬排炸蝦尾軍艦壽司　迴轉壽司

魚　白熊炸豬排握壽司　偽蝸牛卷

角落小夥伴
變身壽司大會

角落小夥伴
變身壽司大會

角落小夥伴

手作壽司大會

壽司大會

白熊

雙手靈巧。
美觀的壽司
由白熊親手製作。

企鵝?

最愛小黃瓜。

炸豬排&
炸蝦尾

扮演壽司
宣傳美味。

貓

雖然在意體型,但
對魚喪失判斷力,
結果吃太多……。

蜥蜴

最愛吃魚。
和貓氣味相投。

喜愛的壽司
菜單

玉子燒　茶碗蒸　綠茶

小黃瓜相關的都可以

薑片&芥末
(好朋友)　卷壽司

鮪魚　鮭魚　貓罐頭

只要是魚 全都喜歡

薑片&芥末

被留在盤子角落。新的
被吃剩食物好朋友。

雜草

和裝飾壽司用的那個
一模一樣?

粉圓

嗜甜,壽司不放芥末。

麻雀

飛來偷啄壽司。

喜歡魚的貓。
提起嚮往的壽司,
也引起其他角落小夥伴們的興趣。
大家偶爾會在平時待著的角落,
舉辦豪華的壽司大會。

喜歡魚的貓。
提起嚮往的壽司……

角落小夥伴們
也很感興趣。
於是一起舉辦了壽司大會。

角落壽司的製作方式

① 做醋飯

② 準備海苔

③ 放上飯和配料

④ 捲起來

⑤ 完成

親手做壽司大會

嗟　嗟　嗟　嗟　嗟

壽司扮演大會

掌心絨毛布偶

〈企鵝？卷〉

〈白熊玉子燒〉

〈炸豬排握壽司〉

〈炸蝦尾握壽司〉

〈貓鮪魚〉

〈薑片＆芥末〉

壽司桶絨毛布偶組

角落壽司（上等）

粉圓鮭魚卵

貓福袋

蚯蚓卷壽司

企鵝？鮭魚

白熊鮪魚

壽司店風！？
角落小屋

麻雀

企鵝？師傅

小木桌

『角落小夥伴３周年』

歡樂的紅色與愛心圖案組合的標誌，是「角落小夥伴」３周年紀念的設計主題。

搭上卡車和拖車，角落小夥伴們要一起去3周年還願參拜嗎？

喜歡在角落生活的小夥伴，喜歡角落，一同感受角落小夥伴的心情……
用「We Love Sumikkogurashi」表達。

絨毛布偶吊飾

貓

白熊

企鵝？

炸豬排

主題場景絨毛布偶

駕駛座和車斗上都可以放上掌心絨毛布偶

「自然風角落小夥伴」主題

輕柔軟綿的觸感與淡彩色調,營造出大人感十足且兼具休閒感的新穎設計。

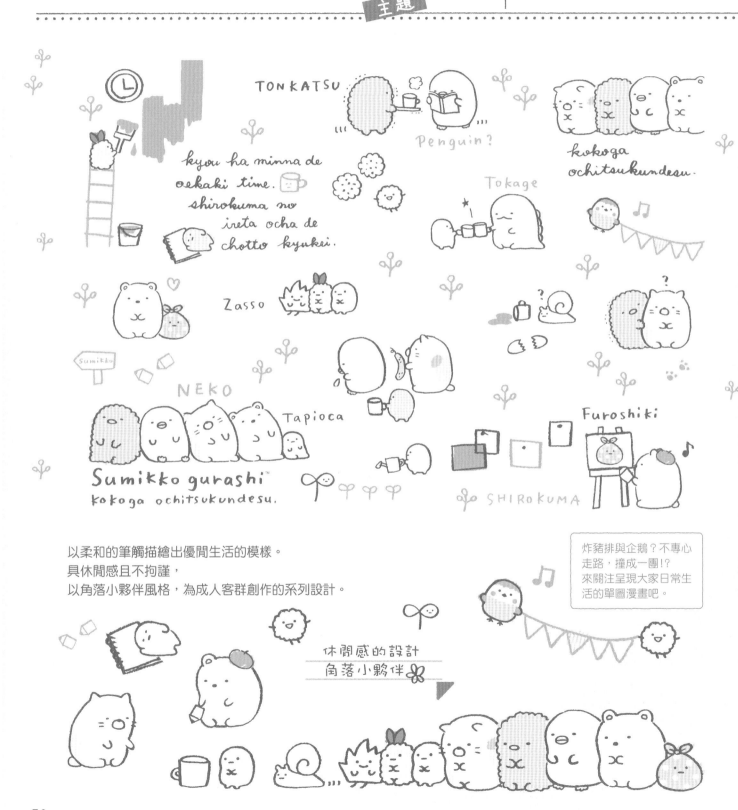

以柔和的筆觸描繪出優閒生活的模樣。
具休閒感且不拘謹,
以角落小夥伴風格,為成人客群創作的系列設計。

炸豬排與企鵝?不專心走路,撞成一團!?
來關注呈現大家日常生活的單圖漫畫吧。

休閒感的設計
角落小夥伴

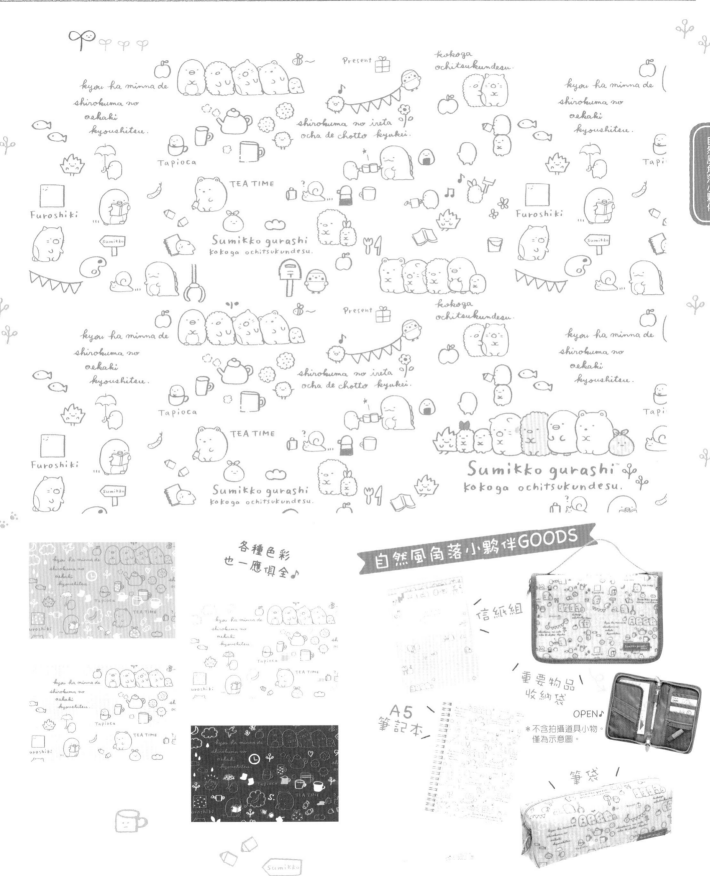

各種色彩
也一應俱全♪

自然風角落小夥伴GOODS

信紙組

重要物品
收納袋

OPEN♪

*不含拍攝道具小物。
僅為示意圖。

A5
筆記本

筆袋

『角落咖啡廳』主題

咖啡廳的氣氛、精緻又可愛的菜單、角落小夥伴的拿鐵拉花，都是觀察重點♪

角落小夥伴

粉圓花色的彩繪玻璃檯燈、時鐘裡躲著的飛塵、貓造型的拿鐵拉花等等細節設定全都好可愛。

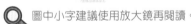

圖中小字建議使用放大鏡再閱讀。

角落咖啡廳

是 慢慢的

COFFEE

仔～細一看，角落
小夥伴背後的架子
上，有一個裂掉的
咖啡杯，靜靜的待
在那兒……

喜歡喝茶的白熊，
有一天聽到有好喝咖啡的傳聞，
帶著大家一起來到街角的「角落咖啡廳」。
坐在角落的位置，喘口氣休息一下。

 圖中小字建議使用放大鏡再閱讀。

角落小夥伴們與幽靈的相遇

幽、幽靈…?!

菜單裡有個名為「老樣子咖啡」的咖啡，
只要點了「老樣子」
好像每個人都會常常來。

「老樣子」
咖啡

老樣子　一、一樣的…　檬　檬

白熊

在角落
喝著暖茶的時光
令他最安心。

企鵝？

最愛有小黃瓜顏色
的哈密瓜汽水。

炸豬排

變成三明治
說不定會有人吃……？

貓

貓舌頭怕燙
茶要放冷了再喝。

蜥蜴

最中意
像故鄉的大海般
閃閃發亮的果凍。

喜愛的
咖啡類型

| 喜歡多加點牛奶 | 苦味咖啡派 | 加很多糖 | 冰咖啡派 or 放冷再喝 | 喜歡濃咖啡 |

幽靈

不想嚇到人的幽靈。
著迷於
老闆的咖啡
開始在咖啡廳
打工。

擔任店長的咖啡豆老闆
所沖泡的咖啡
被幽靈評鑑
擁有如升天般的美味。

注意！

咖啡豆老闆

咖啡廳的老闆。
據傳能沖泡
世界上最好喝的
美味咖啡。
沉默寡言。

第一代老闆

從上一代老闆
開始經營的咖啡廳。

炸蝦三明治
（炸蝦尾）

變成三明治
說不定會
有人吃……？

鬆餅

分量十足
「角落咖啡廳」的
招牌甜點

哈密瓜汽水

有點懷念的味道
「角落咖啡廳」的
招牌冰品。

置物籃

請留意
不要忘記拿走
隨身物品……

遺失物清單

垃圾

其實是名作家
所寫的原稿，
但是沒人留意。

偽蝸牛的殼

手套

有破洞。

傘

彎掉了。

角落咖啡廳

🔍 圖中小字建議使用放大鏡再閱讀。

「角落咖啡廳」裡的
角落小夥伴們

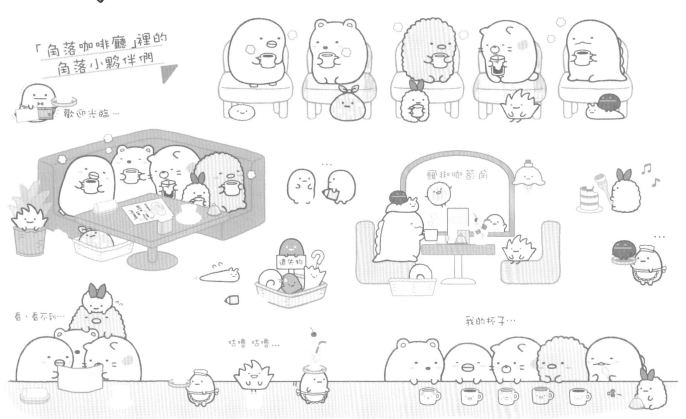

歡迎光臨…

看、看不到…

咕嚕 咕嚕…

我的杯子…

嚕〜

其他的
各式插圖

角落咖啡

喀吱…

SUMIKKO
GURASHI™

呼

角落
咖啡廳

掌心絨毛布偶

幽靈

主題場景絨毛布偶

角落咖啡廳

炸蝦三明治
(炸蝦尾)

鬆餅

咖啡豆老闆

哈密瓜汽水

置物籃

不知道是誰
掉了1塊錢銅板
閃閃發亮

找到了

「角落小夥伴圖鑑」主題

圖鑑的主題是「好想更了解角落小夥伴!」
逗得大家好開心……

白熊
來自北方。
怕冷又怕生的熊。

裹布
白熊的行李。
在角落占位子的時候或怕冷的時候使用。

個性:怕生　　LEVEL 1　LEVEL 2　LEVEL 3

企鵝?
對於自己是不是企鵝?
沒有自信。
從前頭上好像有一個盤子…

角落小夥伴圖鑑　~ 角落小夥伴的生態 ~

角落小夥伴圖鑑　~ 角落小夥伴的生態 ~

圖中小字建議使用放大鏡再閱讀。

炸蝦尾
和炸豬排是心靈相通的好朋友

炸豬排
炸豬排的邊邊。
瘦肉 1%、
脂肪 99%。

粉紅色的部分是 1% 的瘦肉

角落小夥伴圖鑑　~ 角落小夥伴的生態 ~

貓
容易害羞的貓。
常常在角落背對著大家磨爪子。

個性:謙退

角落小夥伴圖鑑　~ 角落小夥伴的生態 ~

角落小夥伴圖鑑

If you open a picture book,
There are many secrets
what you want.

角落小夥伴
圖鑑

角落小夥伴圖鑑

🔍 圖中小字建議使用放大鏡再閱讀。

角落小夥伴們的詳細身高與體重，請見下一頁喔♪

🔍 圖中小字建議使用放大鏡再閱讀。

令人意外？不為人知的角落小夥伴的過往——曝光……!?
山形堆疊、拱形堆疊、直式堆疊等新形堆疊法，
以及角落小夥伴們各式表情也是亮點。

 圖中小字建議使用放大鏡再閱讀。

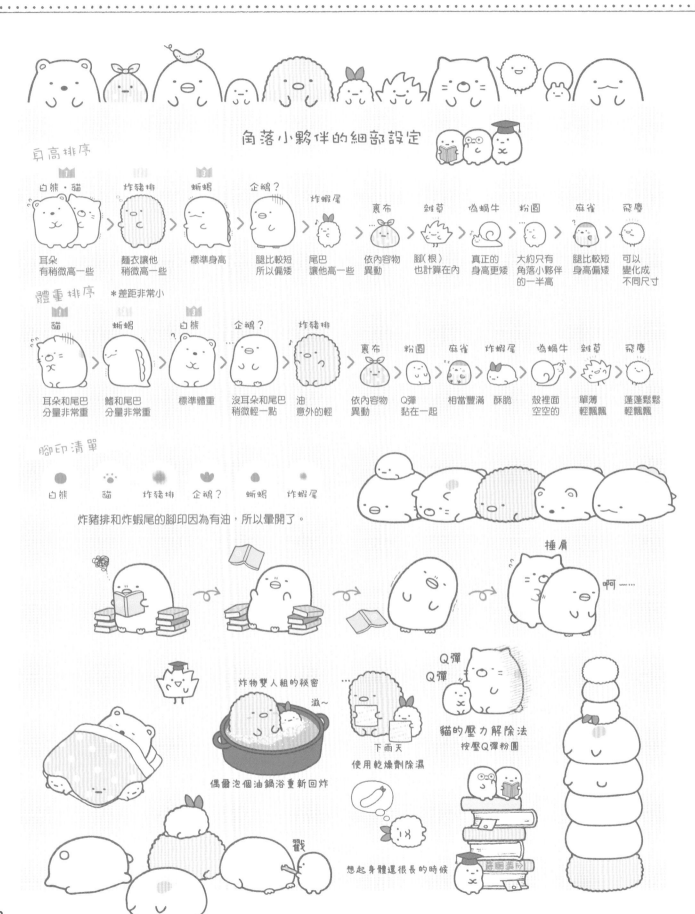

角落小夥伴的細部設定

身高排序

白熊・貓 ＞ 炸豬排 ＞ 蜥蜴 ＞ 企鵝？ ＞ 炸蝦尾 ＞ 裹布 ＞ 雜草 ＞ 偽蝸牛 ＞ 粉圓 ＞ 麻雀 ＞ 飛塵

- 耳朵有稍微高一些
- 麵衣讓他稍微高一些
- 標準身高
- 腿比較短所以偏矮
- 尾巴讓他高一些
- 依內容物異動
- 腳(根)也計算在內
- 真正的身高更矮
- 大約只有角落小夥伴的一半高
- 腿比較短身高偏矮
- 可以變化成不同尺寸

體重排序 *差距非常小

貓 ＞ 蜥蜴 ＞ 白熊 ＞ 企鵝？ ＞ 炸豬排 ＞ 裹布 ＞ 粉圓 ＞ 麻雀 ＞ 炸蝦尾 ＞ 偽蝸牛 ＞ 雜草 ＞ 飛塵

- 耳朵和尾巴分量非常重
- 鰭和尾巴分量非常重
- 標準體重
- 沒耳朵和尾巴稍微輕一點
- 油意外的輕
- 依內容物異動
- Q彈黏在一起
- 相當豐滿
- 酥脆
- 殼裡面空空的
- 單薄輕飄飄
- 蓬蓬鬆鬆輕飄飄

腳印清單

白熊　貓　炸豬排　企鵝？　蜥蜴　炸蝦尾

炸豬排和炸蝦尾的腳印因為有油，所以暈開了。

捶肩　啊——

炸物雙人組的祕密　滋~
偶爾泡個油鍋浴重新回炸

下雨天
使用乾燥劑除濕

Q彈　Q彈
貓的壓力解除法
按壓Q彈粉圓

戳

想起身體還很長的時候

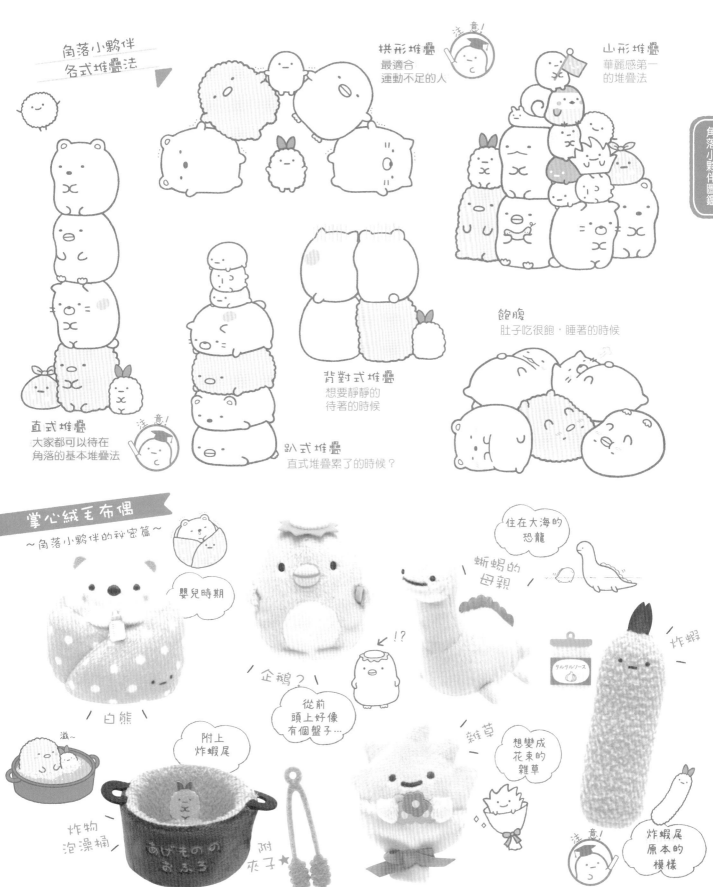

「蜥蜴與母親」主題

蜥蜴與想念的母親久別重逢，
令人感動的溫馨母子相會設計主題。

與母親重逢，看起來
很開心的蜥蜴。
角落小夥伴們好像沒
發現，蜥蜴的母親其
實是恐龍……

🔍 圖中小字建議使用放大鏡而閱讀。

角落小夥伴
蜥蜴與母親

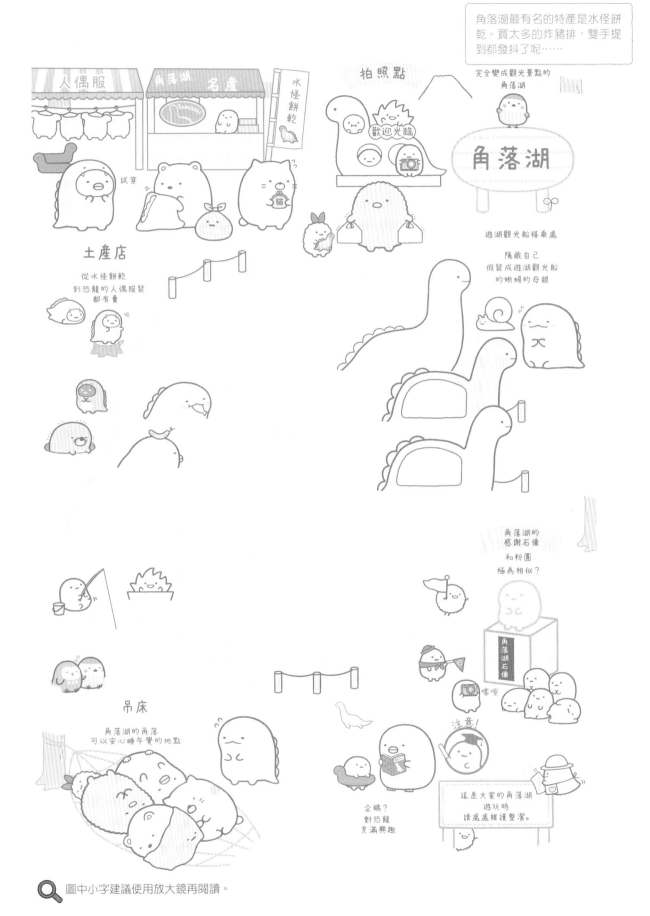

角落湖最有名的特產是水怪餅
乾。買太多的炸豬排，雙手提
到都發抖了呢……

拍照點

完全變成觀光景點的
角落湖

角落湖

歡迎光臨

人偶服　角落湖　名產　水怪餅乾

SUMIKKO

試穿

土產店

從水怪餅乾
到恐龍的人偶服裝
都有賣

遊湖觀光船搭乘處

隱藏自己
假裝成遊湖觀光船
的蜥蜴的母親

蜥蜴與母親

角落湖的
感謝石像

和粉圓

極為相似？

角落湖石像

嘎嚓

吊床

角落湖的角落
可以安心睡午覺的地點

企鵝？
對恐龍
充滿興趣

注意！

這是大家的角落湖
遊玩時
請處處維護整潔。

🔍 圖中小字建議使用放大鏡再閱讀。

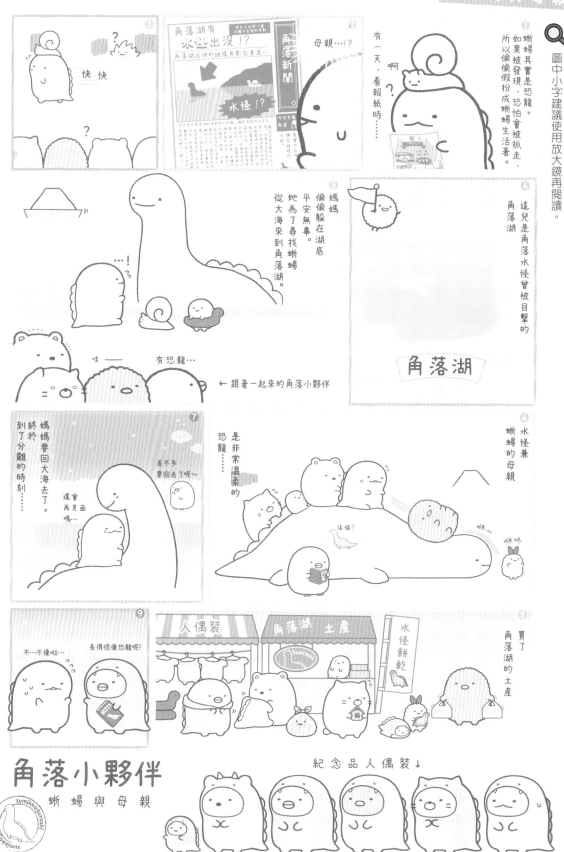

① 蜥蜴其實是恐龍。如果被發現，恐怕會被抓走，所以偷偷假扮成蜥蜴生活著。

圖中小字建議使用放大鏡再閱讀。

② 有一天，看報紙時⋯⋯
母親⋯!?
啊?

角落湖有水怪出沒!?
角落湖出現的謎樣身影究竟是⋯
角落新聞
水怪!?

③ 快快
?
?

④ 這兒是角落水怪曾被目擊的角落湖。
角落湖

⑤ 媽媽偷偷躲在湖底平安無恙。她為了尋找蜥蜴從大海來到角落湖。
⋯!⋯
哇— 有恐龍⋯
← 跟著一起來的角落小夥伴

⑥ 水怪兼蜥蜴的母親
是非常溫柔的恐龍⋯⋯
這個?
咻~
咻咚

⑦ 媽媽要回大海去了。終於到了分離的時刻⋯⋯
差不多要回去了呢~
還會再見面嗎⋯

⑧ 買了角落湖的土產
人偶裝
角落湖 土產
Sumikko
水怪餅乾

⑨ 長得很像恐龍呢?
不⋯不像啦⋯

角落小夥伴
sumikkogurashi
蜥蜴與母親

紀念品人偶裝↓

圖中小字建議使用放大鏡再閱讀。

角落湖出現的謎樣生物水怪。
蜥蜴看了報導，馬上確定那
是母親。

注意！

蜥蜴與母親

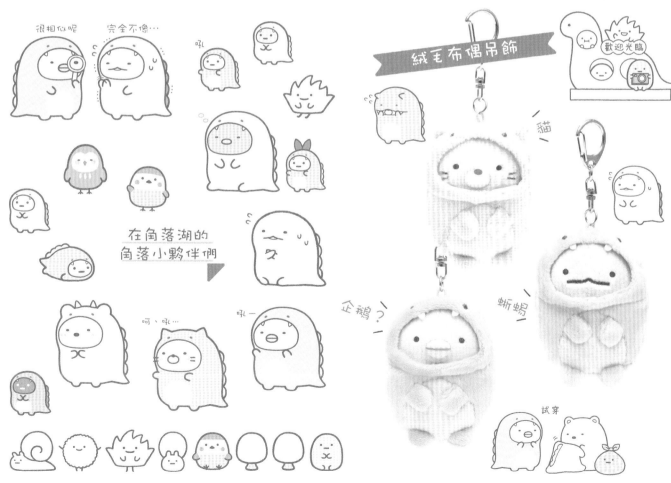

很相似呢　完全不像…

吼

在角落湖的
角落小夥伴們

呵、吼…　吼一

絨毛布偶吊飾

歡迎光臨

貓

企鵝？　蜥蜴

試穿

『角落駄菓子屋』

主題

好懷念、總有一個地方讓人感到安心……歡迎光臨大家最喜愛的「角落駄菓子屋」。

處處都是角落小夥伴造型的駄菓子！
在店裡遇見的是……
銘謝惠顧……!?

圖中小字建議使用放大鏡再閱讀。

角落小夥伴
角落駄菓子屋

🔍 圖中小字建議使用放大鏡再閱讀。

角落小夥伴
角落駄菓子屋

全變成了駄菓子!?的角
落小夥伴們。愛吃鬼的
貓偷偷咬了好大一口的
甜甜圈……!?

角落小夥伴
角落駄菓子屋

角落小夥伴

角落駄菓子屋

駄菓子們與
角落小夥伴們

▼

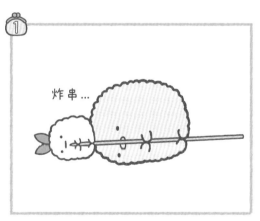

炸串...

被吃剩留下來的炸豬排
今天也在煩惱著
要怎麼做，才會被吃掉……

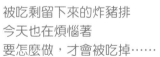

銘謝惠顧
冰棒的木棍。
崇拜「再來一枝」。
聽說只要收集10枝，
就可以變成「再來一枝」，
正在努力尋找同伴中。

思考許久後，
想起了點心中也有炸物。
所以和大家一起來到街角的駄菓子屋。

白熊棉花糖

袋子裡很溫暖，
所以白熊很喜歡。

白熊棉花糖

軟綿綿的棉花糖
當被子好幸福……

白熊橘子冰

雖然怕冷，
還是吃了好吃的冰。

炸豬排邊邊

扮演炸豬排駄菓子。
連邊邊都要吃，
不要留下來……

**炸豬排&
炸蝦串**

變身成
方便拿著吃的
炸物駄菓子。

企鵝？巧克力環

找到
小黃瓜形狀的巧克力
很開心。

企鵝？優格

從前頭上好像
也放了某個東西……

企鵝？哈密瓜冰

最喜歡小黃瓜。
哈密瓜外形有點像
小黃瓜？
所以也很愛哈密瓜。

蜥蜴優格

躲在杯子裡
讓人好安心……

蜥蜴巧克力環

圓圓的像游泳圈的巧克力
讓蜥蜴想起大海，
所以很喜歡。

貓鈴鐺型蜂蜜蛋糕

隱藏最在意的體型？
完完全全藏在蜂蜜蛋糕裡。

貓甜甜圈

被美味的甜甜圈完全包圍
心情大好。

貓橘子冰

貓不愛橘子。
但是一不小心
就進去了……

角落昆布

試試扮演昆布。

粉圓小點心

變成酥脆的點心
就會被吃光光吧……？

粉圓糖

大家一起變身
色彩繽紛的糖果。

綜合口味粉圓麻糬

QQ彈彈的
所以試著變身成
駄菓子麻糬。

蝦仙貝

如果是仙貝
就算很硬
也會被吃光光吧……？

**為蝸牛
棒棒糖**

試著揹棒棒糖
當殼。

裹布糖果

改變平時的型態
糖果風包裹。

**麻雀
鈴鐺型蜂蜜蛋糕**

也來模仿看看
鈴鐺型蜂蜜蛋糕。

77

可以嗎? 給你

店門前的
角落小夥伴們

角落小夥伴風的
馱菓子們

變身中的
角落小夥伴們

盯一

粉圓小點心

綜合口味
粉圓麻糬

掌心絨毛布偶

主題場景絨毛布偶

元氣滿分的
粉圓海報

\炸豬排邊邊/

\貓鈴鐺型\
蜂蜜蛋糕

\企鵝?
哈密瓜冰

すみっコぐらし

蜥蜴優格

\偽蝸牛棒棒糖

\裹布糖果/

附坐墊♪

貓婆婆

「暖烘烘貓日和」 主題

大家一起在角落變身成貓，
度過暖烘烘貓日和時光。
以貓為主角的設計主題。

暖烘烘貓日和

角落小夥伴
すみっコぐらし™
暖烘烘貓日和

大～家～
全都變成貓了！
在頂端的貓，看起來十
分的開心呢。

摇摇

温暖温暖

角落小夥伴
暖烘烘貓日和

喵—

喵—

??

角落小夥伴
すみっコぐらし
暖烘烘貓日和

角落小夥伴
すみっコぐらし
暖烘烘貓日和

喵

①

怕冷的白熊
還是一如往常的怕冷……

② 温暖　　温暖

突然，看見正在睡覺的貓
一副睡得很暖和的模樣。

呼—

③

卡喳
卡喳

貓草

注意!

??　…?

非常羨慕貓的白熊……
買了看起來很溫暖的貓形人偶裝。
連大家的也一起買了。

④

温暖 温暖

在角落一起化身成貓……
大家一起取暖。

角落小夥伴穿上
貓形人偶裝的模樣

好多老鼠飛塵！

暖和 暖和

暖烘烘貓日和

掌心絨毛布偶

/ 貓 \   / 白熊 \   / 企鵝？ \   / 炸豬排 \   / 蜥蜴 \

粉圓   / 飛塵 / 炸蝦尾   貓屋

幽靈   貓籃

「角落小夥伴的便當」

主題

人人喜愛的便當做為主題。配色豐富，看著就好興奮♪

SUMIKKOGURASHI™

Nokosazutabetene sumikko bento.

努力的加上醬汁，盡力推薦自己，結果還是被吃剩下來的炸豬排……。

又被吃剩…

脂肪99%

圖中小字建議使用放大鏡再閱讀。

SUMIKKOGURASHI
Nokosazutabetene sumikko bento.

SUMIKKOGURASHI
Nokosazutabetene sumikko bento.

仰慕
便當人氣配菜
熱狗章魚
的炸蝦尾。

拜託
雙手靈巧的
白熊
幫忙做便當。

大家在庭院的角落
一起享用美味的便當。
角落便當
要吃光光唷。

白熊
怕冷的白熊
想變成蛋包飯。

企鵝？
企鵝？
想吃小黃瓜。

炸豬排
炸豬排加點醬汁
讓自己看起來更好吃。

貓
貓待在杯子裡
好安心……

蜥蜴
蜥蜴
想吃炸魚。

炸蝦尾
炸蝦尾心想
這樣應該會被吃掉吧……
光想就開心。

粉圓
粉圓們
混在豆子堆裡。

雜草
雜草的裝飾葉片
在製作便當時
很有用。

炸蝦尾
想和仰慕的紅人－章魚熱狗
一起被放進便當裡。

**炸豬排與
炸蝦尾**
做成便當
說不定就會被吃掉
這麼想著的兩個人。

企鵝？
……像嗎？

變身便當配菜的
角落小夥伴們

Sumikko special lunch

84

貓便當
想要
吃得飽飽的

企鵝？便當
健康蔬菜

白熊便當
用番茄醬
作畫

蜥蜴便當
酥脆炸魚

炸豬排便當
別吃剩喔……

炸蝦尾便當
完美的炸蝦？

角落小夥伴
做便當

試吃 如何？

偷吃

捏 捏

嗯 啊…

掌心絨毛布偶

白熊

裹布
蜥蜴
章魚熱狗
平底鍋
附鍋鏟♪

炸蝦尾

『白熊的朋友』 主題

 注意!

白熊的朋友——企鵝（真正的）登場。和其他角落小夥伴們也相處得相當融洽。

SUMIKKOGURASHI™
白熊的朋友

企鵝？對於企鵝（真正的）充滿好奇，持續仔細觀察中……

白熊的朋友

有一天，白熊和在北方時的朋友——企鵝（真正的）突然重逢。
白熊邀請企鵝（真正的）到角落來，和大家一起度過歡樂的時光。

白熊的朋友

① 有一天，白熊外出時，突然遇見企鵝（真正的）。

② 企鵝（真正的）是白熊居住在北方時的朋友。

招待他坐在最角落的特等席…

請　請

真正的…?

盯—

③ 這是白熊還沒來到角落前，居住在北方的故事。

怕冷的白熊一如以往的發冷時，企鵝（真正的）來拜訪他。

誰…?

嗨

④ 企鵝（真正的）來自遙遠的南方，正在世界各地旅行。他告訴白熊南方有溫暖的海洋。

咦—

有溫暖的大海喔

⑤ 不久之後，企鵝（真正的）又繼續下一趟旅程。

拜拜

再見

⑥ 難以忘懷南方溫暖海洋的白熊，決定離開北方去旅行，

就這樣，白熊來到了某個角落，與角落小夥伴相遇。

⑦ 企鵝（真正的）把伴手禮分給角落小夥伴。

⑧ 不確定自己到底是不是企鵝的企鵝？有點兒吃味？

盯…

吵吵

喂喂

⑨ 面對這樣友善的企鵝？還是很友善的企鵝（真正的）。

那個好吃嗎?

咦

⑩ 兩人相處融洽。

乾杯

⑪ 為了下一趟旅程企鵝（真正的）再度離開角落。

快樂的時光轉眼即逝。

再見

注意!

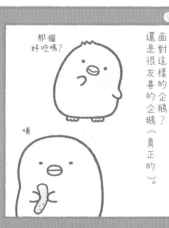

企鵝(真正的)與
角落小夥伴們

注意!

白熊的朋友

掌心絨毛布偶

企鵝?

主題場景絨毛布偶

冰屋

白熊企鵝

蜥蜴企鵝

貓海豹

斗蓬
可拆卸♪

炸豬排
海象

企鵝
(真正的)

『在房間的角落旅行』主題

生動描繪出角落小夥伴們對旅行的憧憬,這是獻給5週年的設計主題。

Sumikkogurashi™
oheya no sumi de tabi kibun.

背後是這樣♪

想像著世界上的其他角落,在房間角落拍照。面對鏡頭的視線超完美★

在房間的角落旅行

SUMIKKO MAP

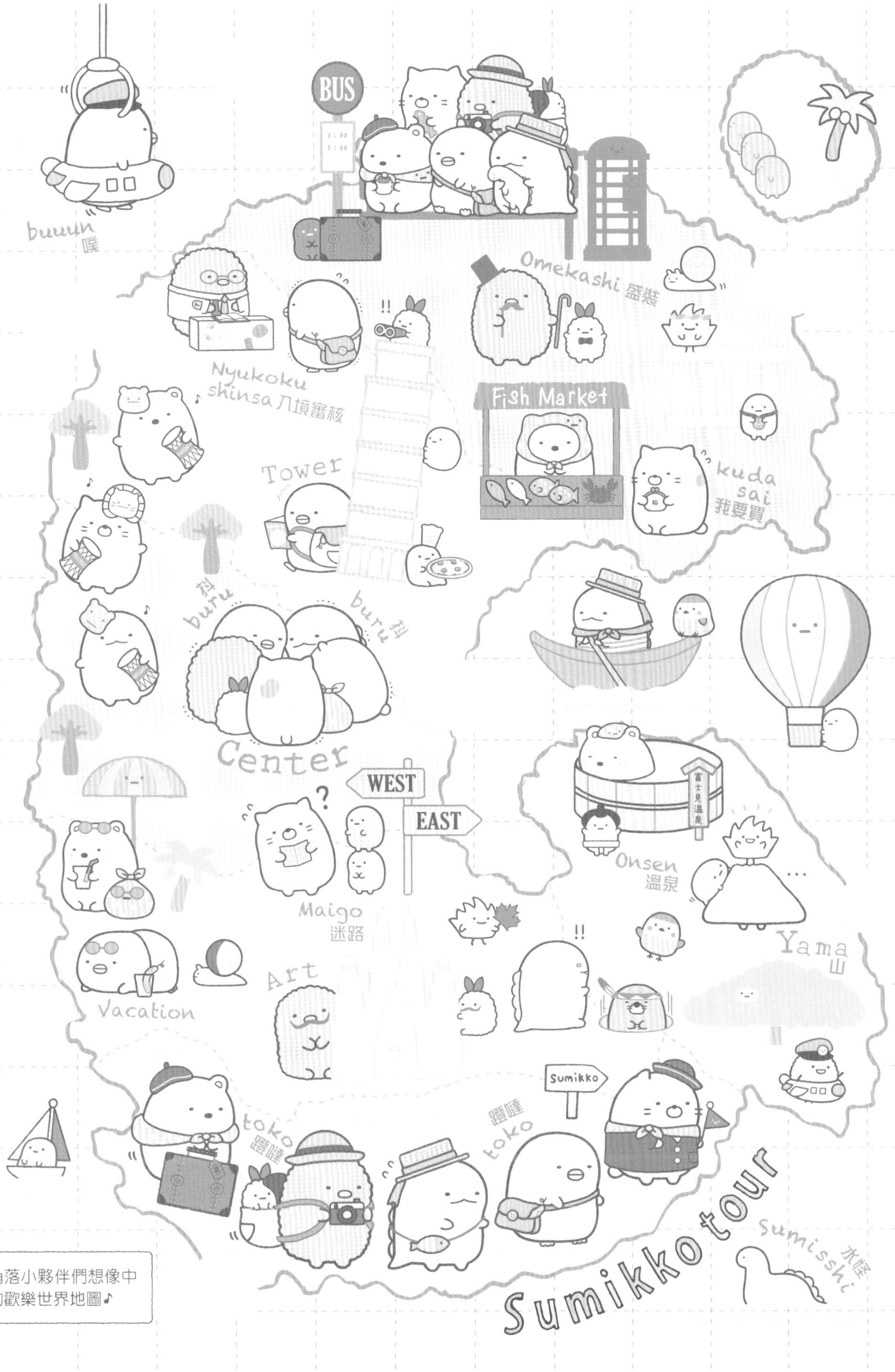

角落小夥伴們想像中
的歡樂世界地圖♪

角落小夥伴

在房間的角落旅行

①

有一天，角落小夥伴們收到了正在世界各地
旅行中的企鵝（真正的）寄來的信。

②

角落小夥伴們想像著世界各地的角落
興奮不已……

③

整理行囊、在牆上塗鴉、
對著相機拍張照。
大家一起享受在房間角落旅行♪

山
憧憬
富士山的
小山。

 在房間角落
享受旅行

白熊
（旅行裝扮）
要旅行的話
就要選溫暖的地方。

企鵝？
（機長）
尋找自我
飛上天空去旅行～。

蜥蜴
（導遊）
怕被抓
所以扮成導遊。

貓
（導遊）
聲音很小聲
真擔心他能不能
做好導遊的工作。

炸豬排
（旅行裝扮）
攝影師？

 幻想的
世界旅行

白熊
（飯店服務生）
應該已經準備好
紅茶和溫暖的床。

企鵝？
（偵探）
尋找自我
全世界偵查中？

蜥蜴
（俄羅斯娃娃）
怕被抓所以扮成
俄羅斯娃娃。

貓
（民族服飾）
穿上可愛的服飾
說不定會更害羞？

炸豬排
（油王）
很多油
所以當油王。

各自的
憧憬對象

沙丘
憧憬
金字塔的
沙丘。
山的朋友。

94

在房間的角落旅行

享受旅行氛圍的
角落小夥伴們

Sumikko gurashi
oheya no sumi de tabi kibun.

掌心絨毛布偶

企鵝？
（機長）

貓
（導遊）

沙丘

白熊
（旅行裝扮）

炸豬排
（旅行裝扮）

蜥蜴
（導遊）

『角落小夥伴 5 周年』

慶祝 5 周年的歡樂設計主題，消爽的藍色是這次的主色調♪

5th ANNIVERSARY

用藍色的蝴蝶結裝飾的角落小夥伴們，歡膨感十足★

すみっコぐらし™

角落小夥伴

與角落神的相遇

1

偶爾會出現的謎樣夾子。
角落小夥伴們常常從角落被夾出。

2

有一天，出現了一個與平時不太一樣的
金色夾子。

3

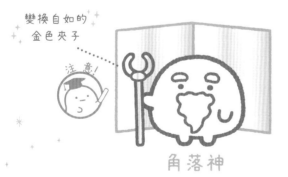

金色夾子藏身在雲裡……？

4

雲的上面出現了角落之神——角落神！

變換自如的
金色夾子

角落神

角落之神
總是存在於角落裡
角落小夥伴們
被夾出的秘密起源

角落神

修行中

長年在角落修行……

側面　　由上往下

讓身形可以完全塞進角落裡。

神技

變換自如的
金色夾子

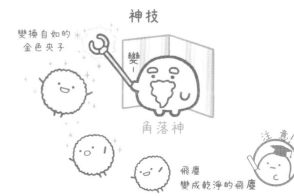

角落神

飛塵
變成乾淨的飛塵

極致角落裡的歡樂派對

有一天，
角落小夥伴們
突然被金色夾子
帶到雲上面⋯⋯

結果，
在角落小夥伴面前
出現了一個
超級大的箱子。

打開箱子⋯⋯好多角落小夥伴的好朋友和喜愛的食物！
這是角落神送的大禮。

在雲上，極致的角落裡，
一起度過歡樂時光的角落小夥伴們。

5周年紀念
「角落小夥伴紀念特展
～5周年還是這裡讓人最安心～」
開展了。現場重現角落小夥伴的世界，立體展示、
拍照點、繪本原稿及只有在角落小夥伴紀念特展才
買得到的限定商品。

絨毛布偶收藏組

尋找自我已經5年

炸豬排

還沒達成理想已經5年

企鵝？

被吃剩已經5年

國王設計
限定主題

繼續怕冷 已經5年

白熊

隱藏秘密 已經5年

蜥蜴

5

角落神

主題造型絨毛布偶

完全就像
坐在雲裡面

「平日的角落小夥伴」主題

一窺優閒、我行我素、不做作的角落小夥伴的設計主題。

角落小夥伴

這裡讓人好安心

爭搶

固守

在房間角落愜意休息的角落小夥伴們。果然還是這裡讓人最安心。

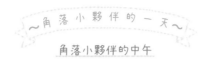
~角落小夥伴的一天~

角落小夥伴的早晨

角落小夥伴的中午

角落小夥伴的黃昏

好感情收音機體操♪

在角落靜靜享用飯糰

泡泡浴好溫暖

青天霹靂

角落小夥伴的夜晚

在沙發上睡著 zzz...

今天也在平時習慣的
角落裡吃飯、睡覺……
還是這裡讓人最安心。
看得見角落小夥伴們
日常的魅力。

炸豬排

角落小夥伴
這裡讓人好安心

角落小夥伴蓋被被

去蜥蜴家玩

蜥蜴當主角的故事。蜥蜴(真正的)、蘑菇一起也登場了。森林變得好熱鬧的設計主題。

去蜥蜴家玩

Sumikkogurashi™

Sumikkogurashi™

Sumikkogurashi™

森林中，大家一起分享蝦角派，看起來好像很好吃呢！

Sumikkogurashi™

DOKI DOKI

WHAT!?

GURA
GURA

Himitsu no oheya

? tokage My Friend...!

penguin? tokage?

蜥蜴的家中，有一個祕密地下室！
仔細一看，蜥蜴母親的照片掛在裡面呢。

蜥蜴其實是恐龍。
假扮成蜥蜴，偷偷住在森林裡的家中。某一天，
角落小夥伴們一起來到蜥蜴家玩。在那裏遇見的是，綠色的蜥蜴……？
大家在森林中，一起用餐，一起開心的玩耍。

去蜥蜴家玩

蜥蜴其實是恐龍。
假裝成蜥蜴，
偷偷住在森林裡的樹洞裡生活。

有一天，大家帶著伴手禮，
一起去蜥蜴家玩。

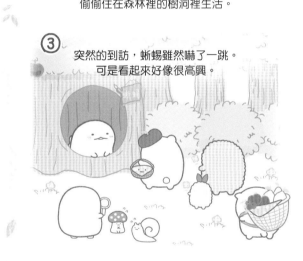

突然的到訪，蜥蜴雖然嚇了一跳。
可是看起來好像很高興。

大家圍在一起吃飯，
開心的一起玩……

不知什麼時候，
蜥蜴的朋友也來了。

大家回家後，
玩累的兩人一起沉沉的睡去。

角落小夥伴 🐾
去蜥蜴家玩

在森林中生活
角落小夥伴的模樣

去蜥蜴家玩

掌心絨毛布偶

\白熊/
\蜥蜴/
\貓/

蜥蜴
（真正的）
\蘑菇/
\蘋果屋/

豪華變裝角落小夥伴絨毛布偶組

蜥蜴家的
祕密地下室

角落小夥伴讀書趣 ♪

有角落小夥伴們陪伴一起
用功之書，是不是變得更
有學習的動力了呢？

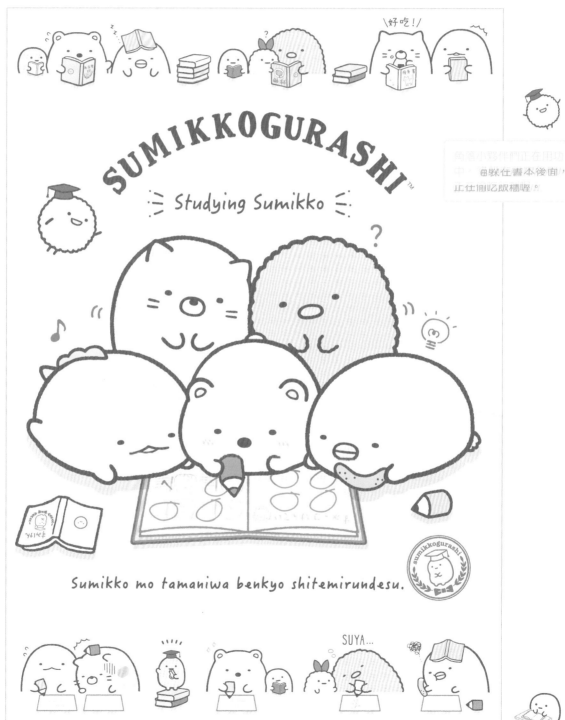

角落小夥伴測驗，你能答對幾題呢？
和角落小夥伴一起用功讀書吧 說不定他們也會跟你一起思考怎麼解題喔？

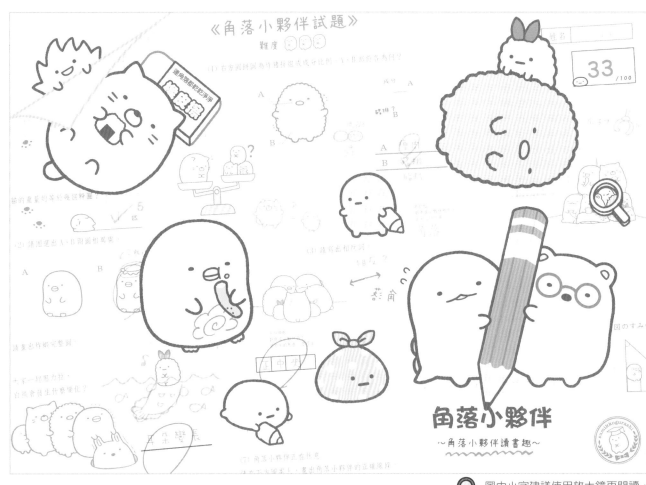

《角落小夥伴試題》

掌心絨毛布偶

角落小夥伴
愛讀書

哇-

太棒了

非常好的角落

辛苦了

做得非常好

閱

非常
做得
好

再加把勁

快成功了

好可惜!

繼續努力

做得太好了

『企鵝冰淇淋』主題

企鵝？與企鵝（真正的）第一次在冰淇淋店工作的故事。這個主題設計色彩繽紛真可愛♪

大大的冰淇淋上也出現了角落小夥伴們的可愛小裝飾!?

🔍 圖中小字建議使用放大鏡再閱讀。

Sumikkogurashi Ice cream

企鵝？與企鵝(真正的)
第一次在冰淇淋店工作!?
有點搞砸的企鵝？與
可靠的企鵝(真正的)
送上美味的冰淇淋♪

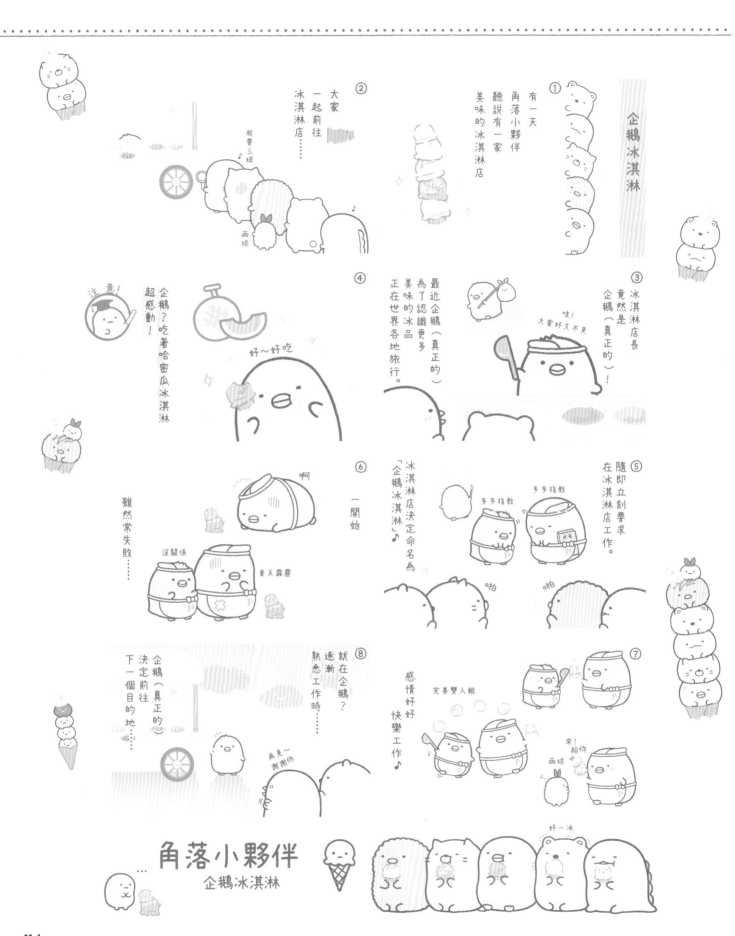

企鵝冰淇淋

① 有一天
角落小夥伴
聽說有一家
美味的冰淇淋店

② 大家
一起前往
冰淇淋店……

我要三球
兩球

③ 冰淇淋店長
竟然是
企鵝（真正的）！
哇！
大家好久不見

④ 最近企鵝（真正的）
為了認識更多
美味的冰品
正在世界各地旅行。

企鵝？吃著哈密瓜冰淇淋
超感動！
注意！
好～好吃

⑤ 隨即立刻要求
在冰淇淋店工作。
多多指教
多多指教
啪
啪

⑥ 一開始
雖然常失敗……
沒關係
青天霹靂
啊

⑦ 感情好好
快樂工作♪
完美雙人組
兩球
來！
給你

⑧ 就在企鵝？
逐漸
熟悉工作時……
企鵝（真正的）
決定前往
下一個目的地……
再見～
謝謝你

角落小夥伴
企鵝冰淇淋

好一冰

冰淇淋店決定命名為
「企鵝冰淇淋」♪

掌心絨毛布偶

企鵝？
白熊
企鵝
（真正的）
蜥蜴

冰淇淋
小屋

把掌心絨毛布偶
放進去
就像冰淇淋一樣♪

冰淇淋杯

主題場景絨毛布偶

附受歡迎的
掌心絨毛布偶款
冰淇淋杯

部分商品已完售，敬請見諒。

我要三球

來！給你

兩球

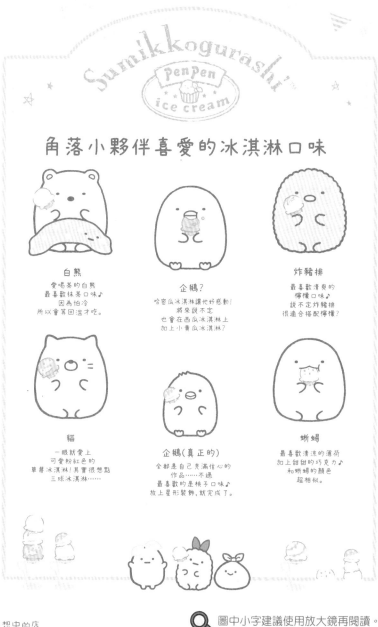

Sumikkogurashi
PenPen
ice cream

角落小夥伴喜愛的冰淇淋口味

白熊
愛喝茶的白熊
最喜歡抹茶口味♪
因為怕冷
所以會等回溫才吃。

企鵝？
哈密瓜冰淇淋讓他好感動！
將來說不定
也會在西瓜冰淇淋上
加上小黃瓜冰淇淋？

炸豬排
最喜歡清爽的
檸檬口味♪
說不定炸豬排
很適合搭配檸檬？

貓
一眼就愛上
可愛粉紅色的
草莓冰淇淋！其實很想點
三球冰淇淋……

企鵝（真正的）
全都是自己充滿信心的
作品……不過
最喜歡的是桃子口味♪
放上星形裝飾，就完成了。

蜥蜴
最喜歡清涼的薄荷
加上甜甜的巧克力♪
和蜥蜴的顏色
超相似。

夢想中的店

總有一天……

很棒呢

企鵝（真正的）
的夢想冰淇淋
店！

🔍 圖中小字建議使用放大鏡再閱讀。

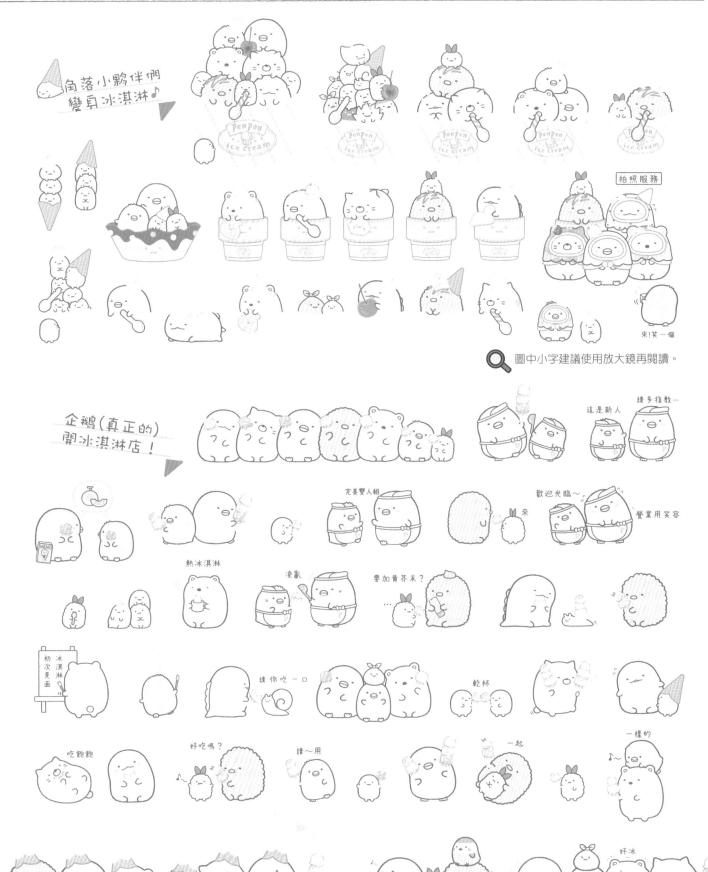

『炸蝦尾的外出趣♪』 主題

炸蝦尾第一次當主角的設計主題。
為了炸豬排而努力的身影，看起來那
麼的勇敢又可愛♥

角落小夥伴
炸蝦尾的外出趣

煩惱中
暴衝
好重…
懷念
炸竹筴魚尾巴
炸蝦尾
盯
拜託
沒事吧？
我出門了
休息
瞄
出發
走散了

🔍 圖中小字建議使用放大鏡再閱讀。

炸蝦尾為了買禮物
送給好友炸豬排而獨自外出。
大家擔心的
偷偷尾隨在後。
炸蝦尾第一次的採買
就這麼開始了。

獨自出外採買，真
是千辛萬苦！
角落小夥伴們也很
擔心炸蝦尾呢。

炸蝦尾的外出趣

①
炸蝦尾發現
好朋友炸豬排
無精打采……

悶一

…

②
要了一點零用錢
一個人出門去。

你要去買什麼？
沒問題吧？

好像是想買個禮物
送給炸豬排。

沒問題

③
擔心的大家
偷偷摸摸跟在他後頭……

…

④
到了店裡準備採購時，
遇見和自己很相像的朋友。
名叫炸竹筴魚尾巴。

SUMIKKOMARKET

拿不到……

炸物用
檸檬

氣味相投的兩人
一拍即合……

朋友

我來幫忙

謝謝

魚巴炸

⑤
啊！

炸豬排忍不住
飛奔出來扶起他。

抱

⑥
跟著炸豬排
一起來的大家
也紛紛現身
一起愉快的購物。

我的新朋友

你好

喔一

⑦
向炸竹筴魚尾巴道別。
一起回到
大家的角落去……

NEKO

⑧
炸豬排非常喜歡
炸蝦尾準備的禮物，
讓他好開心。

謝謝

噗咻

享受購物樂趣的角落小夥伴們。大家都很喜歡新朋友炸竹筴魚尾巴。

🔍 圖中小字建議使用放大鏡再閱讀。

炸蝦尾圖鑑

硬。

因為太硬被吃剩下來……

泡過炸油浴臉頰會紅紅的

幾乎沒什麼表情。

酥脆的麵衣

BACK　SIDE

與炸豬排是心靈相通的好友。

變裝？
角落小夥伴 ▶

白熊（主婦）
怕冷的白熊。
擅長做菜。
大家的三餐
全都交給白熊。

炸豬排（炸物店老闆）
炸豬排的邊邊。
為了讓炸物不被剩下
正努力推銷中。
不要吃剩喔……

蜥蜴（魚店老闆）
其實是倖存的恐龍。
最喜歡吃魚。
變裝成了魚店老闆。

瞄

採購中的
角落小夥伴

出發

啊...

幫忙提

好像很好吃

盯

商量

幫忙

空空如也

錢不夠

大家都找到了自己
喜愛的東西。
貓和白熊的購物袋
真的好可愛喔。

掌心絨毛布偶

炸蝦尾

白熊（主婦）

主題場景絨毛布偶

推車

背面還背著
一片檸檬呢♪

炸竹筴魚尾巴

炸豬排
（炸物店老闆）

角落超市的
購物袋

啊！
有飛塵...

蜥蜴
（魚店老闆）

部分商品已完售，敬請見諒。

『白熊的手工絨毛娃娃♪ 主題

雙手靈巧的白熊為大家製作絨毛娃娃。讓人心裡都變得暖暖的設計主題。

蜥蜴心愛的絨毛娃娃破了……
白熊幫他修補好之後,
大家好羨慕,紛紛來請託幫他們做娃娃。
白熊請大家協力,
一起做了好多絨毛娃娃。
大家都好開心
心裡全都覺得好溫暖。

看著蜥蜴一臉開心的白熊。
大夥兒的絨毛娃娃都非常的可愛呢。

大家都收到
白熊手作的禮物。

收到布娃娃的角落
小夥伴們。抱得緊
緊的，聚集在一起，
看起來一臉幸福。

圖中小字建議使用放大鏡再閱讀。

白熊的手工絨毛娃娃

①

蜥蜴十分珍惜的
白熊做給他的絨毛娃娃
破損了……

② 能修好嗎…？　　交給我

請白熊幫他修補。

③ 啊　　　　啊

破掉的地方
好像有東西跑出來……!?

④ 謝謝你
這麼珍惜我—

那是只會使用在
重要的絨毛娃娃裡的
特別棉花。

⑤ 白熊完美的
修補好了絨毛娃娃。

謝謝…　　給你

⑥ 　　　　也幫我做這個～

大家看到蜥蜴開心的模樣
也紛紛拜託白熊幫他們縫製絨毛娃娃。

⑦ 白熊請大家一起協力

做了好多絨毛娃娃。

⑧ 大家拿到都好開心
白熊心裡覺得暖暖的。

角落小夥伴

白熊

雙手靈巧的白熊
動手縫製絨毛娃娃。
大家收到都好開心，
白熊心裡感到暖暖的。

企鵝？

雖然不確定我是誰？
收到小黃瓜絨毛娃娃，
超喜歡，超滿足。

炸豬排

被吃剩的炸豬排邊邊。
要做麵包粉的抱枕
可真不容易呢……

貓

在意體型的貓。
收到稍微苗條一點的
貓絨毛娃娃，
很開心。

蜥蜴

白熊幫忙修補好了
最珍愛的母親布偶。
以後也會繼續珍惜。

炸蝦尾

收到好友炸豬排的
絨毛娃娃，
真的很開心。

棉花

只會被使用在
重要的絨毛娃娃裡
特別的棉花。

晃晃

搖搖

謝謝…   給你

手作絨毛娃娃與
角落小夥伴們

好像瘦了一點？

白熊的手工
絨毛娃娃

貓的理想體型
絨毛娃娃

塞棉花

好開心

相遇

重版型

重才

占位子

白熊幫忙做了
苗條版絨毛娃娃

玩絨毛娃娃　一起玩⋯

掌心絨毛布偶

白熊

企鵝？

炸豬排

絨毛布偶立體繪本

附移動窗簾
及鏡子♪

貓

蜥蜴

OPEN♥

人型台上
披上一件披風

『偶遇貓的家族』 主題

這是關於貓遇見兄弟姊妹的故事。可以一窺小時候的貓，是有著花團錦簇的設計主題。

角落小夥伴
偶遇貓的家族

全都雙眼緊盯著池塘裡優游的魚兒。兄弟姊妹全都是貪吃鬼。

圖中小字建議使用放大鏡再閱讀。

偶遇貓的家族

偶遇貓的家族

春暖花開，大家一起去散步。
貓往池塘方向看過去，
這麼巧，遇見了２隻貓。
那２隻貓竟然是貓的兄弟姊妹。
貓家族和大家一起度過
一段愉快的時光。

在花田中散步的角落小
夥伴們。裹布也打了一
個小花結在頭上呢。

偶遇貓的家族

雜草最喜歡曬太陽了

天氣變暖了，大家決定一起出門去散步。

身旁多了2隻貓。

往池子裡張望時……

那2隻貓原來是貓的兄弟姊妹。

那時的…？

該不會是

咦？

好久不見！

請帶我走 蜜柑

一人獨占

現在是圓嘟嘟相像的3隻貓彼此都相處得很愉快。

貓家族一起度過了快樂的時光。

好吃—

請用…

好吃～

從前，貓曾是任性的小貓。

嗯嗯

別在意

…以前真的很抱歉

Sumikko gurashi™
偶遇貓的家族

貓
個性害羞，
在意自己的體型。
和兄弟姊妹重逢
非常開心。

貓 (灰色)
貓家族其中之一。
好奇心旺盛
充滿精力。
和貓一樣是大胃王。

貓 (虎斑)
貓家族其中之一。
總是一臉愛睏
悠哉度日。
和貓一樣是大胃王。

貓家族(小貓的時候)

小貓時，大家都很瘦。

住在蜜柑紙箱裡。

HACHI DANCE

炸蝦尾
因為太硬而被吃剩。
嗡嗡嗡
假扮蜜蜂中。

OHANA DANCE

粉圓
奶茶先被喝完
而被喝剩下來。
假扮花朵中。

貓家族與
角落小夥伴們

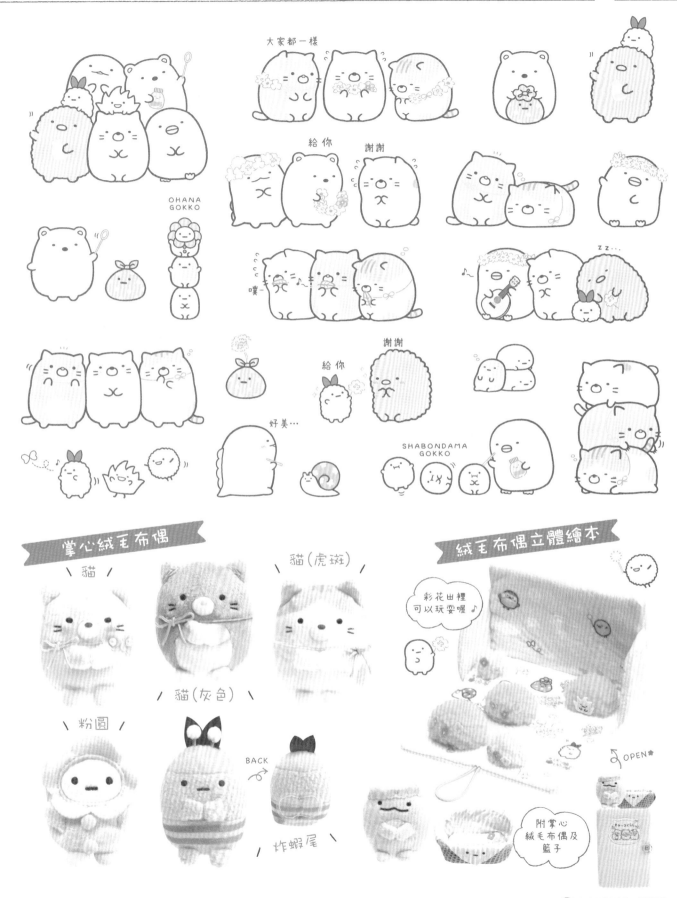

大家都一樣

OHANA GOKKO

給你　謝謝

噗

ZZ...

好美…

給你　謝謝

SHABONDAMA GOKKO

掌心絨毛布偶

貓

貓(灰色)

貓(虎斑)

絨毛布偶立體繪本

彩花田裡可以玩耍喔♪

粉圓

BACK

炸蝦尾

OPEN

附掌心絨毛布偶及籃子

部分商品已完售，敬請見諒。

角落小夥伴與
海洋角落小夥伴

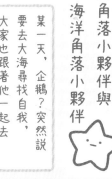

角落小夥伴與
海洋角落小夥伴

某一天，企鵝？突然說
要去大海尋找自我，
大家也跟著他一起去

到了海邊，
偶然再見到了
企鵝（真正的）。

哇！

嗨！

大家優游在大海中時，
在角落遇見了
一群小夥伴。

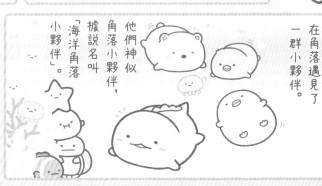

他們神似
角落小夥伴，
據說名叫
「海洋角落
小夥伴」。

其中
有一個小夥伴
長得很像海星。

海星？

海星？好像並不認為
自己是海星。

一點都
不像…

海星？
…

←海星

很喜歡海星？的
企鵝？與大家決定
和他一起去尋找自我

一起去找吧！

咦…！

一定
會找到的！

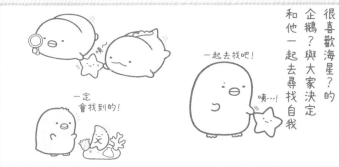

角落小夥伴們
在海邊
快樂遊玩著。

海…貓？

不久太陽西下
星光亮起。
接著……
海星？
想起來了。

太好了～

海星？
回到天空中
閃閃發著光。

132

某一天，企鵝？說想要去海邊尋找自我，所以大家也跟著他一起出發⋯⋯
除了與企鵝（真正的）重逢，還在海裡遇見了「海洋角落小夥伴」，
大家在海邊度過了快樂的一天。

海洋角落小夥伴圖鑑

小丑魚
雖然會從海葵探頭出來還是躲在角落最安心。

海星？
從空中掉下來。發著微弱的光。自尊心強。

海星
住在海裡普通的海星。

海龜
容易受驚嚇。非常憧憬可以把脖子縮進殼裡的陸龜。

刺魨
個性穩重。雖然是刺魨卻沒有刺。常被當成河豚很困擾。

海貓
吃了太多魚身體圓滾滾。總是貼著水面飛行。和貓很合。

水母
不想隨波逐流待在角落。為大海增添許多色彩。

企鵝(真正的)
角落小夥伴的朋友。正在世界各地旅行。

變心絨毛布偶

小丑魚

側面

海龜

海貓

水母

花園鰻
（粉圓）

變身成
海彩的白熊

變身成
海怖的企鵝？

變身成
鯨鯊的蜥蜴

妝點著
小珠珠

水母的屋子

主題場景絨毛布偶

企鵝（真正的）
的屋子

外出的角落小夥伴

附贈海星？
小配件

好像
正在大海中
游泳!?

變身成海獺的
炸豬排

變身成海獺的
炸蝦尾

海星？
小抱枕

部分商品已完售，敬請見諒。

「角落小夥伴的麵包教室」♪ 主題

角落小夥伴第一次挑戰做麵包！在麵包店長指導下，應該會很成功吧？

角落小夥伴們拿著傳單，
來到「角落麵包屋」參加麵包教學課。
在麵包教室學習製作麵包，
做出來的麵包和角落小夥伴十分神似!?
好吃的麵包都烤好了呢。大家一起在角落麵包教室♪

🔍 圖中小字建議使用放大鏡再閱讀。

每一個手作麵包都好
可愛！
看起來好好吃喔！
吃掉真的好可惜喔。

🔍 圖中小字建議使用放大鏡再閱讀。

すみっコぐらし™
大家一起去角落麵包教室

① 咦—

麵包教室
咖啡豆老闆
大推薦!

有一天，角落小夥伴們
發現了「角落麵包屋」
麵包教室招生傳單。

② 「角落麵包屋」就在
「角落咖啡廳」附近。
那裡的麵包讓咖啡豆老闆讚不絕口。
麵包店長會親自傳授如何做麵包。

咖啡豆老闆　　　　　　　麵包店長

③ 角落小夥伴十分感興趣，
決定去上麵包烘焙課。

クリームパン
メロンパン　フランスパン

麻煩您了　　　　　　　　　歡迎

④

♪　啊

啊　　蓬—

角落小夥伴們第一次動手做麵包中。

⑤

每個人都烤出自己喜歡的麵包。
全員盡歡的「角落麵包教室」

⑥　　　　　　謝謝

送給你

烤好的麵包
分送給了朋友。

企鵝?
因為喜歡哈密瓜
所以喜歡有紋路的菠蘿麵包。

炸豬排&炸蝦尾
正在幻想
被夾進熱呼呼的長麵包裡
變成美味的
炸豬排炸蝦尾麵包……

貓
喜歡奶油麵包。
內餡塞得滿滿的，好滿足。

白熊
最喜歡和被窩長得很像的
暖呼呼吐司。
想試著躺在吐司上睡一覺。

炸蝦尾
努力的做了
最喜歡的炸豬排造型麵包
和朋友炸竹筴魚尾巴麵包呢。

Q 彈

粉圓
麵糰和自己很像嗎？
好像很喜歡麵包內餡。

黑色粉圓
發現
和自己長得很像的麵包。

像嗎…？

蜥蜴
最喜歡小魚形狀的麵包。
好想送給媽媽吃吃看哪。

麻雀
普通的麻雀。
為了啄一口美味的麵包而來。

咖啡豆老闆
「角落咖啡廳」的老闆。
店裡供應的三明治
使用的麵包是
由「角落麵包店」供貨。

麵包店長
「角落麵包屋」店長。
製作麵包時，總是一臉認真。
和咖啡豆老闆是好友，很愛說話。

~麵包店長的過去~

乾巴巴
…
乾巴巴

~麵包店長的祕密~

呼

MILK

其實是店裡賣剩
乾巴巴的法國麵包。
為了傳遞麵包的美味
開始經營「角落麵包屋」。

為了
不要產生乾裂
會泡牛奶浴。

SUMIKKOGURASHI™
MINNA DE
SUMIKKOPANKYOSHITSU

麵包店長
手作
白熊麵包

雜草麵包

內餡
滿滿♪
裹布麵包

紅豆麵包

可頌麵包

蜥蜴的
最愛！
小魚麵包

貓麵包

企鵝?
推薦
哈密瓜菠蘿麵包

大家
都愛♪
克林姆麵包

企鵝?麵包

連尾巴
都美味！
炸竹筴魚
尾巴麵包

炸豬排麵包

炸蝦尾麵包

吐司麵包

蜥蜴麵包

角落小夥伴
手作
麵包店長麵包

 圖中小字建議使用放大鏡再閱讀。

手作麵包與
角落小夥伴們

超像的！

像嗎…？

滋哇～

炸吧
炸吧

揉　　揉　　　揉

出爐♪

有點
小失敗?

歪腰…

絨毛布偶吊飾

好喜歡
像被窩一樣
暖呼呼的吐司

白熊

穿著
菠蘿麵包褲喔

貓

穿著
麵包褲子喔

蚯蚓

掌心絨毛布偶

麵包店長

吐司小屋

一個人使用的
小屋子。
看起來很好吃的
吐司外型。

主題場景絨毛布偶

料理麵包絨毛布偶套組

★由左而右
食材(炸豬排)
掌心絨毛布偶(炸蝦尾)
炸竹筴魚尾巴(原來的模樣)
食材(荷包蛋)
吐司
吐司(被窩)

角落小屋

附上白熊
與法國麵包♪

SUMIKKO
GURASHI

部分商品已完售,敬請見諒。

『角落小夥伴7周年』

7周年的主題設計，歡樂的彩虹色系。粉圓也染色成為七個顏色，獻上祝福★

7周年場景絨毛布偶

附提把的提籃還有7種顏色的粉圓喔

SUMIKKOGURASHI
minna de sumikko bus tour.

角落小夥伴盛大展覽

～一起加入角落小夥伴巴士之旅～

紀念7周年的大型展覽《角落小夥伴盛大展覽～一起加入角落小夥伴巴士之旅～》日本開展了。

一起來留宿聚會吧!

主題

大家都嚮往的留宿。角落小夥伴們睡衣配色好粉嫩,超級可愛的主題設計♥

企鵝(真正的)來找大家玩
角落小夥伴為他舉辦了睡衣派對。
企鵝(真正的)把在路上遇見的朋友
全都帶來參加!
角落小夥伴們雖然嚇了一跳,但是也很開心。
大家相處融洽又愉快,今天是睡覺小夥伴。

一起泡澡，一起玩耍
……手工絨毛娃娃也一
起喔。

一起來留宿聚會吧！

一起來留宿聚會吧！

再來一起玩吧！

① 企鵝（真正的）寄來了一封信。

② 因為企鵝（真正的）要來玩，角落小夥伴決定舉辦睡衣派對。

睡覺小夥伴～！

不錯喔

適合嗎？

③ 既然決定了，馬上就開始準備。

④ 這時候

帶了好多土產

企鵝（真正的）朝著大家所在處出發時……

路上遇見了許多好朋友

決定大家一起前往角落小夥伴的家。

⑤

⑥ 叩叩

⑦ 大家都一起來了！

!! !!

⑧ 那是什麼　櫛瓜！

好多土產

⑨ 角落小夥伴們被門外一整群的朋友嚇了一大跳

相同的

打扮

乾杯

枕頭戰

所有人都相處融洽又開心

一起度過夜晚的時光。

喵

玩牌

Sumikko gurashi

快樂的時光總是過得特別快。
今天一起來當睡覺小夥伴。

圖中小字建議使用放大鏡再閱讀。

一起來留宿聚會吧！

白熊
喜歡
溫暖又柔軟的
毛茸茸睡衣。

企鵝？
舉辦了憧憬許久的
留宿聚會
很開心。

炸豬排
睡衣的花樣
其實是炸蝦尾……？

貓
喜歡寬鬆的睡衣
就算吃很飽
也不會感到不舒服。

蜥蜴
和蜥蜴（真正的）
穿同款的睡衣。

炸蝦尾
喜歡
尖尖的睡帽。

粉圓
打扮成星星。

雜草
夢想成為花束的
積極小草。

偽蝸牛
為重要的殼
戴上睡帽。

麻雀
普通的麻雀。
和貓頭鷹感情融洽。

幽靈
常常被要求
說些可怕的事。

鼴鼠
試著穿上襪子。
出乎意料，
很合適。

貓頭鷹
和麻雀是好朋友。
總是很愛睏。

企鵝(真正的)
和企鵝？
同款的睡衣。

蜥蜴(真正的)
和蜥蜴
穿同款的睡衣。

蘑菇
因為很在意
蕈傘太小，
所以戴上
一個大大的睡帽。

炸竹筴魚尾巴
喜歡
和炸蝦尾同款的
睡帽。

睡覺小夥伴★

刷牙小夥伴

留宿聚會的
角落小夥伴

睡覺小夥伴

會著涼喔

晚上的消夜

好吃嗎？

扣錯了？

假扮星星遊戲

流星粉圓？

相同款式

睡覺小夥伴

掌心絨毛布偶

＼貓／

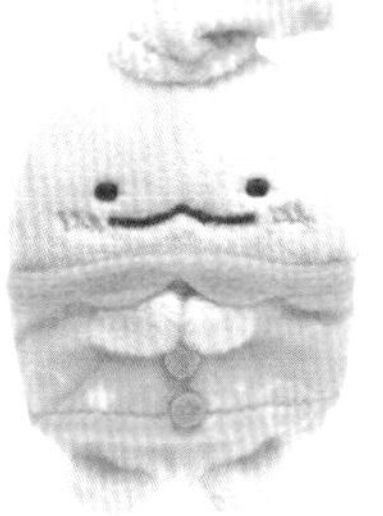

＼炸蝦尾／

＼白熊／

＼蜥蜴／

＼炸竹筴魚尾巴／

一起來留宿聚會吧！

＼雜草／

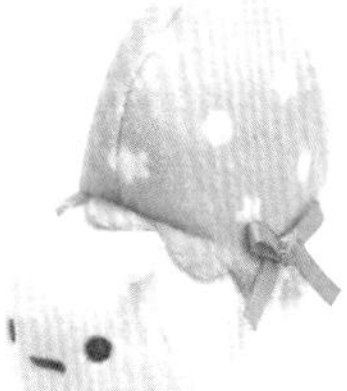

＼飛塵／

＼粉圓／

＼偽蝸牛／

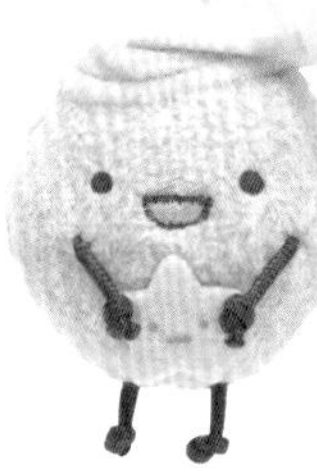

帶著睡帽四處飄的飛塵

主題場景絨毛布偶

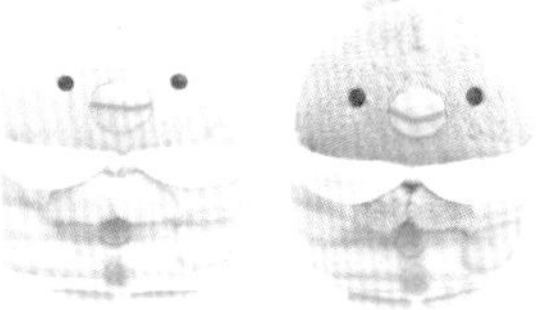

穿著同款睡衣的企鵝？與企鵝(真正的)

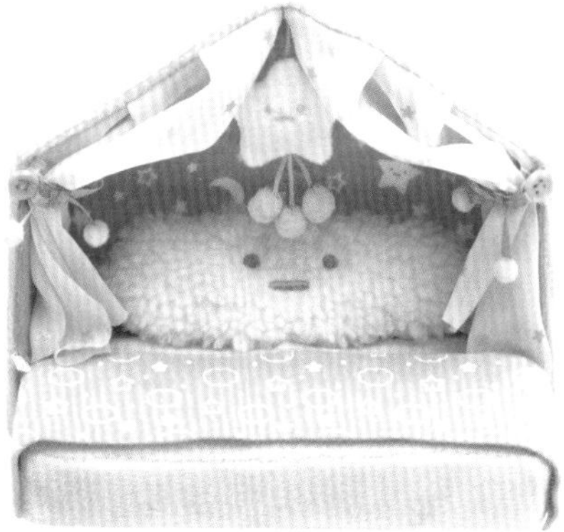

外出絨毛布偶

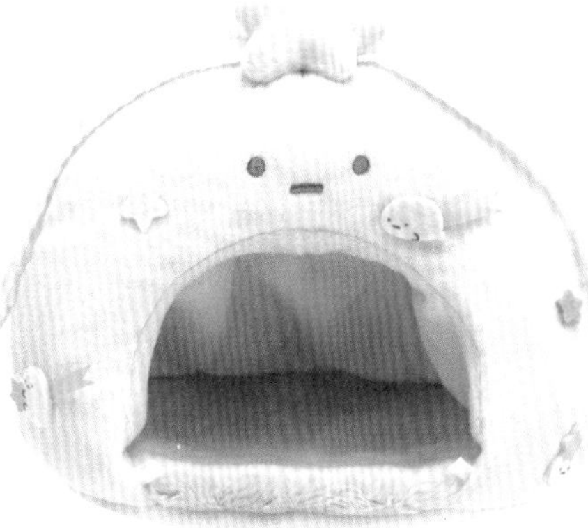

星星粉圓小屋★

＼星星小屋床★／

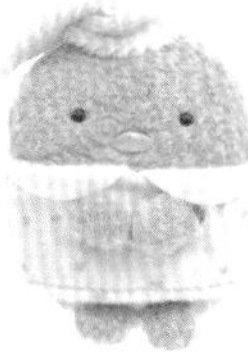

穿著炸蝦尾圖案睡衣的炸豬排

企鵝(真正的)的行李箱!?

『角落小夥伴咖啡店的 草莓季♪ 主題

角落小夥伴們到「角落小夥伴咖啡店」幫忙草莓季的準備工作。大夥兒穿上草莓裝扮,超適合的。

SUMIKKOGURASHI™

Strawberry fair at Kissa Sumikko

Strawberry Fair
· Pancakes
· Sandwiches
· Cakes
· Flavored Tea

🔍 圖中小字建議使用放大鏡再閱讀。

「角落小夥伴咖啡店」決定舉辦草莓季。
角落小夥伴們也一起來幫忙!
幫忙端盤子,
幫忙打發鮮奶油,
幫忙放上草莓裝飾……
舉辦草莓季的「角落小夥伴咖啡店」
請一定要來光臨喔♪

一會兒變身成聖代，一
會兒幻想菜單內容……
大夥兒都好忙碌!?

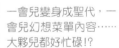

すみっコぐらし™

角落小夥伴咖啡店的草莓季

1 角落小夥伴咖啡店
決定要舉辦草莓季。

2 只有咖啡豆老闆和幽靈
兩人實在忙不過來

3 角落小夥伴們
一起來幫忙！

4 有的端盤子，有的打發鮮奶油，
有的負責草莓裝飾……

5 幻想中的
獨家草莓點心……

6 請一定要來角落小夥伴咖啡店的
草莓季玩喔 ♪

白熊
為了最喜歡的
「角落咖啡廳」
特地來幫忙。

企鵝？
最喜歡
草莓與小黃瓜的
搭配組合。

炸豬排
和草莓
一起列入菜單的話，
可以被吃掉吧？

貓
草莓太美味
忍不住一直偷吃……！

蜥蜴
為您推薦的
草莓點心
您覺得如何呢？

炸蝦尾
和草莓
一起列入菜單的話，
可以被吃掉吧？

粉圓
穿上圍裙
活力十足？

草莓(粉圓)
比一般的草莓
還要大的草莓!?
其實是粉圓裝扮的。

幽靈
在「角落咖啡廳」
打工中的幽靈。
被委派準備草莓季
超級忙碌。

咖啡豆老闆
「角落咖啡廳」的老闆。
非常期待店裡
首度舉辦的草莓季。

來幫忙的
角落小夥伴們

慌慌 張張 大家 都加一點 裝飾
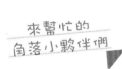

再動點腦筋？ 加點這個！ 興奮

大草莓？ 同一套

擦 亮晶晶 練習 迎賓 鞠躬 點餐

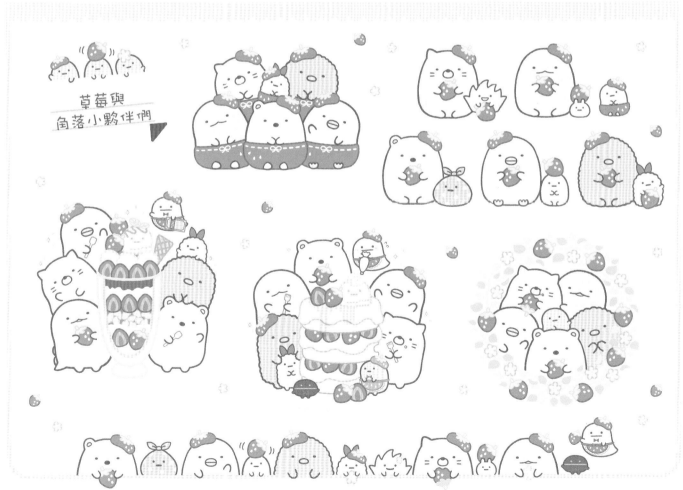

超大草莓與
角落小夥伴們

掌心絨毛布偶

\企鵝？/

\貓/

\白熊/

\炸豬排/

\蜥蜴/

\粉圓(粉紅色)/

\幽靈/

\炸蝦尾/

\草莓(粉圓)/

\杯子/

IN♪

\草莓小屋/

角落小屋

草莓
抱枕♥

『炸物小夥伴的派對』 主題

以炸物好朋友為主角的設計主題。舉行「炸物小夥伴的派對」，度過炸翻天的一天。

Sumikko gurashi™ Agekko

今天♪ 應該會被吃光光 吧？

炸吧 炸吧 炸吧

炸物小小夥伴
迷你小炸渣們

Agemono nakama

某一天，炸豬排舉辦了「炸物小夥伴的派對」。
炸竹筴魚尾巴帶著「炸物小小夥伴」們一起來參加。
炸物小夥伴為了變好吃，挑戰了許多料理。
大家快樂的度過充分炸翻天的一日。

炸物小夥伴們大集合。做成漢堡，就會全部都被吃下去吧？

今天應該會被吃光光吧?

Sumikko gurashi™

Agekko

緊抱

炸物小小夥伴
迷你小炸渣們

Agemono nakama

炸吧

① 炸豬排決定要舉行「炸物小夥伴的派對」。

麵包粉

② 炸竹筴魚尾巴帶著「炸物小小夥伴」們來了。

哇~

好小

你好

…

炸物小小夥伴

③ 炸物小夥伴為了變好吃,挑戰了許多料理。

炸吧

炸吧

④ 希望快點被吃掉…炸物小夥伴們快樂的度過炸翻天的一天。

z z…

拉

滾

炸物小小夥伴
迷你小炸渣們

Sumikko gurashi™

Agekko

Sleepy

z z…

拉

滾

希望快被吃掉…

Agemono nakama

Good!

炸吧

炸吧

炸蝦尾
&
炸竹筴魚尾巴

157

炸物小小夥伴

緊跟著炸竹筴魚尾巴而來，
迷你的炸物小小夥伴們。
數量眾多。個性也不盡相同。

各種不同個性

 不想要當炸物
小小夥伴，想
要當炸蝦。

炸物
萬歲

 生為炸物小小
夥伴，感到很
幸運。

不想當炸物
小小夥伴，
想當炸豬排。

**感情融洽的
炸物小夥伴們**

好喜歡  抱緊

好感情  抱緊

 藍隊轉樣

要幫忙嗎？

好友裝

原來的模樣

拒絕
咬劇

 炸
吧 炸
吧

啦啦隊

 炸
吧 炸
吧

原來的模樣

謝謝 **服務**

噗咻

滾來滾去

起床～

緊張

抱抱

睡相
翻身

躺大腿

滾 滾

炸物小夥伴丼

緊抱

乖乖

炸物小小夥伴丼

萬事俱備

青天霹靂

心頭暖暖

吃醋 ?

抱緊♡文

? 咬咬

保鏢

碎

請用

興奮

漢堡

抗潮大作戰

回炸

滋哇～

炸吧吧

吸油

擦

擦

擦

炸物小夥伴的派對

掌心絨毛布偶

翻下海苔發現梅干♪

主題場景絨毛布偶

FRY

炸豬排

炸蝦尾

飯糰

青花椰菜

歐姆蛋

檸檬

炸竹筴魚尾巴

章魚熱狗

炸物小小夥伴

掌心絨毛布偶
（套組）

附炸物小小夥伴吊飾

好感情♥

炸蝦尾

生菜

食物都是可以拆卸下來的掌心絨毛布偶♪

炸豬排

盤子

『角落小夥伴 與水獺的露營』 主題

出外露營的企鵝？遇見
了水獺。和新朋友一起
開心的角落露營體驗。

圍著營火，一起烤魚、
BBQ……露營讓大家都
吃得飽飽的呢。

某一天，企鵝？為了尋找自我，
獨自出外去露營。
冰鎮小黃瓜被水沖走了，企鵝？超慌張……
幫忙救回小黃瓜的是「水獺」。
企鵝？和水獺馬上成為好朋友，
其他角落小夥伴們也現身集合，
大家一起加入角落小夥伴露營活動。

①

好重…

某一天，企鵝?為了尋找自我，
一個人出發去露營。
角落小夥伴們偷偷跟在後頭

② 企鵝?首度嘗試
冰鎮小黃瓜，但是……

呵一

③

小黃瓜
却被水沖走了。
企鵝?好傷心。

等等一

撿回來了　謝謝

從水中冒出來
救援的是
獨自來露營的
水獺。

④

好好吃

喔……

為了表達謝意，
企鵝?分享了小黃瓜。
第一次吃到小黃瓜的
水獺覺得很好吃，
開心極了。

⑤ 偷偷跟來的角落小夥伴也現身一起集合。

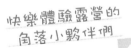

山(夏天的山)

憧憬富士山的小山。
為了配合露營，
外型是夏天的翠綠模樣。

水獺

其實是牠說已經絕種的倖存生物。
怕被抓，所以不時轉換住所躲藏。
好奇心旺盛。

快樂體驗露營的
角落小夥伴們

魚的響宴

魚的響宴

烤小黃瓜

好温暖
休息
不要緊吧…?
好可怕…
滾粉圓
暖呼呼
嘿咻
哇一
完成
握手
起火
好多
好開心
咕嚕咕嚕…

角落小夥伴
與水獺的露營

掌心絨毛布偶

貓

蜥蜴

粉圓

企鵝?

山(夏天的山)

營火

水獺

附
彩色扣環

加入
掌心絨毛布偶
可以玩
露營家家酒

OPEN!

主題場景絨毛布偶

蜥蜴、釣竿、
椅子、背包組合

部分商品已完售，敬請見諒。

其他
設計主題與
四季角落小夥伴

『粉圓』主題

第一次以粉圓為主角的設計主題。
喜愛粉圓的粉絲們，這個主題讓你們
大家久等了。

※拒絕吃剩
請不要吃剩喔……

THERE ARE MANY
LEFTOVER TAPIOCA.
THEY LIKE TO DRAW
& MIMIC THINGS.

雖然面無表情，仍然活
潑好動的粉圓，真的非
常可愛♥

珍珠奶茶風潮吹起，粉圓的粉絲也悄悄增加中？

各式各樣的
粉圓們

I'm here!

Let's enjoy tapioca life

滾

Have a nice tapioca day.

掌心絨毛布偶

珍珠奶茶
小屋★

tapioca milk tea

BACK

『蜥蜴星夢』

主題

以蜥蜴的母親為設計特點。柔和筆觸的插畫，營造出有如置身於夢中的情境。

在夢中的夜空裡，與母親一起散步的蜥蜴。看起來好幸福。

外出角落小夥伴禮品組

蜥蜴的掌心絨毛布偶與收納包組合

蜥蜴的夢裡頭——
閃閃發亮的銀河中
蜥蜴與母親
一起度過無比幸福的時光。

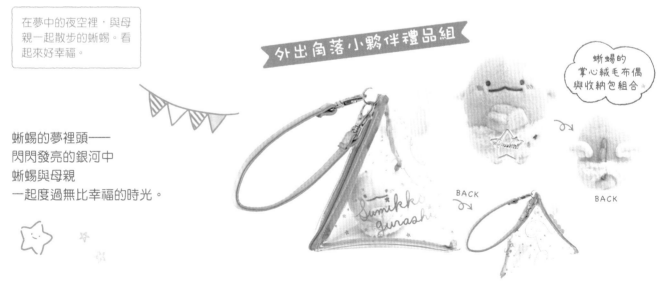

部分商品已完售，敬請見諒。

蜥蜴星夢

① 某個星空閃耀的夜晚
蜥蜴獨自沉沉的睡著了。

② 原本待在遙遠大海角落裡的
母親，悄悄到來，環抱住蜥蜴
喚醒他。

③ 媽媽説，
星星好美，一起去散步吧。

摸
摸

哇！

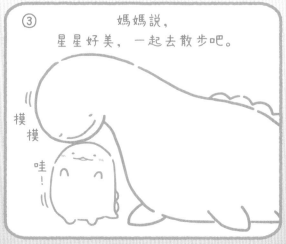

閃耀的星海中
蜥蜴與母親
一起度過
幸福的時光。

角落小夥伴

『名產！角落小夥伴大福』 主題

角落小夥伴與大福的組合，舒緩又可愛的設計主題。優閒又舒暢，連運氣也因此變好了!?

大大的幸福的「大福」!? 角落小小夥伴們變得圓滾滾又Q彈，悠悠哉哉，運氣就能變好的系列主題。

仔細一看～角落小夥伴正在吃草莓大福、櫻餅呢。啊姆啊姆，好好吃的樣子呢！

角落小屋

附大福貓銅鑼燒絨毛布偶♪

部分商品已完售，敬請見諒。

要來一點熱騰騰有彈性、可愛的「角落小小夥伴包子」嗎？
角落小小夥伴與中華包子的組合新鮮又有趣，
光看，肚子就餓了起來的系列主題。

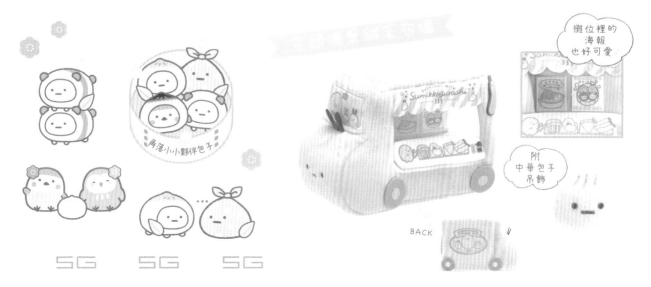

『開運系列』♪

合格
角落小夥伴

炸物雙人組攜手帶來大家熟悉的
開運系列。完整彙集全系列開運
主題設計★

好運旺旺炸物雙人組
必勝炸豬排

『炸豬排考試必勝』主題

· 2014年10月 ·

一直到最後，炸豬排都被留下沒被吃掉，
據說對考試必勝而言，非常吉利!?

合格祈願

最後拿的有福氣

啊...

櫻花開

必勝炸豬排

幸運裹布　　幸運粉圓

雜草韌性

最後拿到的
最有福氣!?

『好運旺旺
角落神社』主題

· 2015年12月 ·

炸豬排與炸蝦尾
炸物雙人組運氣炸翻天!?

最後
拿到的
最有福氣
角落神社

角落小夥伴
すみっコぐらし™
~最後拿到的最有福氣~

好運

金運　　開運

角落神社

祭神　豚仙
開運祈願御守
角落神社
©SAN-X

← 豚仙

角落神社是什麼？

世上少見，專門供俸炸物的神社。
因應炸物效應，求來祥的入運氣都很旺？

豚仙
庇佑靈驗的
角落神社神明，
仔細一看，真得和
炸豬排有最大分的豚仙，
最後拿到的，最有
福氣。

圖中小字建議使用放大鏡再閱讀。

圖中小字建議使用放大鏡再閱讀。

① 有一個地方，有一座
世間少見，供俸炸物的神社。

豚仙

只要在這祈求，心願就會達成。

② 有一天
角落小夥伴們前來參拜。

打掃中

③ 請實現
角落小夥伴們的心願吧……

(希望有人
把我洗乾淨)

(希望不要
嚇到人)

(希望可以
被喝光光)

(請實現
大家的
心願…)

(請讓冬天
不要來…)

(希望能見到
母親…)

豚仙

庇佑靈驗的角落神社神明。
仔細一看，
長得和炸豬排有幾分神似……？
最後拿到的，最有福氣。

豬排神官
(炸豬排)

角落神社的神官。
祭祀的神明
好像長得和他很像……？

蝦巫女
(炸蝦尾)

正手持掃帚
打掃神社中。
應該是擔任神社巫女？

★偷偷扮成豚仙的炸豬排。目前還沒穿幫……？

掌心絨毛布偶

豬排神官
(炸豬排)

蝦巫女
(炸蝦尾)

神社的角落是
能量點！
掉落的5塊錢銅板
能帶來什麼
緣分呢？

主題場景絨毛布偶

搖搖鈴鐺
就能向角落神
祈願喔♪

附
豚仙★

還有神社繪馬！

☺ 部分商品已完售，敬請見諒。

『**麵衣脆脆櫻花開?!**
合格神社』 主題

- 2016年10月 -

炸豬排與炸蝦尾炸物雙人組
一起麵衣脆脆櫻花開!?
好像已經完全融入神社了!?
超夯的炸物雙人組在神社祝大家考運亨通♪

冷靜下來
就會考上

合格御守

開花爺爺

炸物
祝你
考運
炸翻

炸
物
雙
人
組
考
運
炸
翻
天

麵
衣
脆
脆
櫻
花
開
!?
合
格
神
社

春天快來…

緣分快來…

開運系列

好運旺旺 角落神社 ♪ 主題

- 2016年12月 -

炸豬排與炸蝦尾
炸物雙人組讓好運炸翻天!?
太好了～!角落神社裡
好像出現了炸物仙女……!?

好運炸翻天
角落神社

開運

炸物雙人組
好運炸翻天
!?

豬排神官
(炸豬排)

蝦仙女
(炸蝦尾)

角落神社

世上少見，祭祀炸物
的神社。

起源能追溯到約三百
三十五年前。

據説前來參拜的人，
運勢都會炸翻天……

開運
角落小夥伴

掌心絨毛布偶

炸豬排
\ (豬排不倒翁) /

/ 炸蝦尾 \
(炸蝦不倒翁)

側面牆上
有繪馬!

有助結緣的
粉圓雕刻!

底部附上一個
可以放御守或
籤紙的口袋♪

主題場景絨毛布偶

神社裡面
躲著飛塵……

附
蝦仙女★

😊 部分商品已完售，敬請見諒。

174

角落神社
櫻花盛開開運祭 ♪ 主題

- 2017年 12月 -

今年，角落神社的櫻花盛開！
而且，這些櫻花似乎
具有開運神力……!?

角落小夥伴

櫻花
角落小夥伴

角落有福氣

沈默是金

糯米糰子比花強

麵衣脆脆櫻花開

櫻花中
還有
粉圓喔

賞花裝扮的
貓

不能放在角落

原文寓意：不可小看

群聚在角落
堆成山

原文寓意：積沙成塔

主題場景絨毛布偶

開運系列

『角落小夥伴 社團』主題

角落小夥伴的 style雖然不起眼 還是依然努力著。

第一彈的角落社團。角落小夥伴們全員都開始想像加入社團活動了嗎？

足球：其實想待在球門的角落……場地寬廣好像無法靜下心。

籃球：投進籃框的不是球而是企鵝？……角落小小夥伴們拼命防守！

棒球：保養道具的強者!?正在幫忙暖板凳的角落呢。

網球：走進網球場發現球好可怕正在發抖呢……

游泳：對從大海來的蜥蜴而言，游泳超簡單的！

管樂團：從舞台角落可以聽見粉圓們的吹奏～♪

啦啦隊：拿著飛塵彩球幫大家加油♪好像會打噴嚏!?

熱音社：飛塵充滿幹勁，但是角落小夥伴們全躲在舞台的角落。

回家社：角落小夥伴入社率 No.1!!好想回到平時的角落去啊。

如果角落小夥伴參加社團活動的話……!? 可能無法太活躍……？ 總之還是依照角落小夥伴的style進行。

角落小夥伴style的努力方式 part.1

白熊　企鵝？　炸豬排　粉圓　蜥蜴　貓　企鵝？　貓

絨毛布偶吊飾

側面照

／足球＼ ／籃球＼ ／棒球＼ ／啦啦隊＼ ／游泳＼ ／網球＼ ／回家社＼ ／熱音社＼

『角落小夥伴 社團多一點♪』

系列第12彈，角落小夥伴們好好的展現了自己之個性，依照自己的方式努力著！

美術社
擅長繪畫的白熊
非常適合美術社!? 要畫裹布的話，
他可比任何人都要拿手。

足球
朝粉圓防守的球門射門！
……要成功射門，
還要再多多練習。

手拿著飛塵彩球與大大的旗幟
為大家加油打氣♪
但是，飛塵亂飛讓人很困擾!?

雖然逃到球場角落，
但是球還是常常飛過來，
大家發抖著呢……

排球

角落社團系列

網球
和一樣愛吃魚的貓
一起打網球♪
但是好像無法
順利接球、打球。

籃球
和爪子組隊
有點狡猾的
帶球上籃!!

音樂團
無法
站到舞台中央的
角落小夥伴們
在角落演奏呢♪

角落小小夥伴
組成管樂團!?
雜草在正中央
指揮呢♪

角落小夥伴style的
努力方式
part.2

Back

Back

Back

Back

側面照

樣本布偶吊飾

美術社   足球   啪啦陳   排球   網球   籃球

四季時令的角落小夥伴們。別緻的插圖,光看就好開心♪

櫻花　　春 -SPRING-

野餐　　想在這裡吃

女兒節

午餐

夏
-SUMMER-

梅雨

七夕

緊張...

夏日祭典

棉花糖　名產章魚燒

撈粉圓

金魚

撈粉圓　撈金魚

秋
-AUTUMN-

烤地瓜

熱呼呼

萬聖節

不給糖
就送角落小夥伴

\TRICK oʀ TREAT!/

聖誕節　冬 -WINTER-

Merry Xmasumikko

角落聖誕快樂

新年

香油錢

平安籤

緊張

新年

情人節

冬天的樣貌

抖抖

玩雪

『角落小夥伴 電影

魔法繪本裡的新朋友

為了紀念7周年，角落小夥伴推出電影版。溫柔的世界觀與有點感傷的故事，讓觀眾們的熱淚盈眶。

日本原版電影海報

角落小夥伴們在「角落咖啡廳」地下室發現一本立體繪本。
被吸進繪本的角落小夥伴們遇見了孤單一人的小灰雞……？
他們周遊繪本世界的序幕就此展開。

白熊
被吸進繪本後，進入了《賣火柴的女孩》世界。好想趕快取暖。

企鵝？
被吸進繪本後，進入了《一千零一夜》世界。沒辦法不管和自己擁有相同煩惱的小灰雞？。

炸豬排
被吸進繪本後，進入了《小紅帽》世界。大野狼會吃掉他嗎？

貓
被吸進繪本後，進入了《桃太郎》世界。好像不太適合當主角與挑戰妖怪。

蜥蜴
被吸進繪本後，進入了《人魚公主》世界。好像更擅長游泳了。

小灰雞？
不知道自己是不是小灰雞？。在繪本中尋找夥伴。

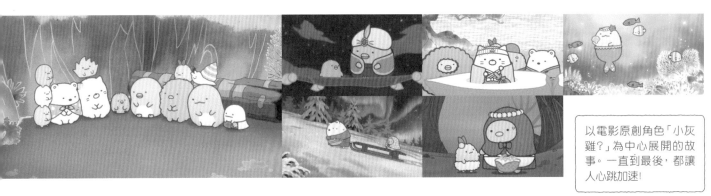

以電影原創角色「小灰雞?」為中心展開的故事。一直到最後,都讓人心跳加速!

繪本世界裡的
角落小夥伴們

電影院裡, 還是這裡最安心
角落小夥伴
電影版
確定發行!

角落小夥伴們的扮裝好可愛,從小朋友到大人都能有共鳴的熱門作品。

絨毛布偶繪本特別版

打開繪本有兩個場景可以玩喔♪

掌心絨毛布偶繪本特別版組

附小手冊♪

Sumikkogurashi

Blu-ray&
DVD
日本現正發售中♪

角落小夥伴 電影
魔法繪本裡的新朋友

發行商 :Fanworks/
　　　　DMM pictures
經銷商 :DMM pictures
定價:Blu-ray ¥4,100(未稅)
　　　DVD ¥3,500(未稅)

部分商品已完售,敬請見諒。

角落小夥伴檢定的

模擬考

開始了。

P185-199_chapter 4
sumikkogurashi practice tests

高級問題之出題範圍並未侷限於本書內容，敬請知悉。

chapter

4

角落小夥伴檢定模擬考試題　共60題

Q.01 「貓」的背面，下列何者正確？

① 　　② 　　③ 　　④

解答

Q.02 「炸蝦尾」原本的完整模樣，下列何者正確？

① 　　② 　　③ 　　④

解答

Q.03 「蜥蜴」的背鰭，下列何者正確？

① 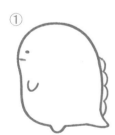　　② 　　③ 　　④

解答

Q.04 「白熊」手持的「裹布」的花色，下列何者正確？

① 　　② 　　③ 　　④

解答

Q.05 企鵝？手中拿的書，目前為止尚未登場過的是哪一本？

高級

① 　② 　③ 　④

解答

Q.06 「粉圓」的臉，下列何者正確？

① 　② 　③ 　④

解答

模擬考試題　角落小夥伴檢定

Q.07 「幽靈」最常使用的是哪一樣物品？

① 　② 　③ 　④

解答

Q.08 目前為止尚未登場過的「山」是下列何者？

高級　① 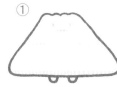　② 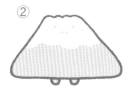　③ 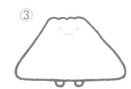　④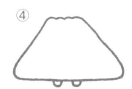

解答

Q.09 「角落神」手中拿的物品，下列何者正確？

① 　② 　③ 　④

解答

Q.10 「貓」的理想身型，下列何者正確？

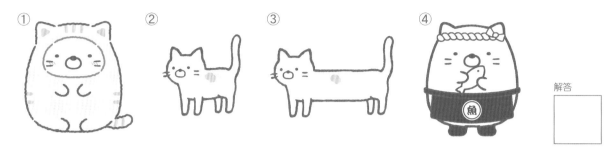

① ② ③ ④

解答

Q.11 以下插圖中，「炸豬排」拿著的，和西瓜有關的東西是哪一個？

① ② 鹽 ③ ④

解答

Q.12 「暖呼呼泡湯」設計主題中登場的「？」標示的招牌上文字為何？

① 小夥伴溫泉
② 處處溫泉
③ 角落溫泉
④ 溫泉旅館

解答

Q.13 「角落小夥伴小屋～好想住在這間小屋啊～」設計主題中，
角落小夥伴理想中的房子，下列何者不正確？

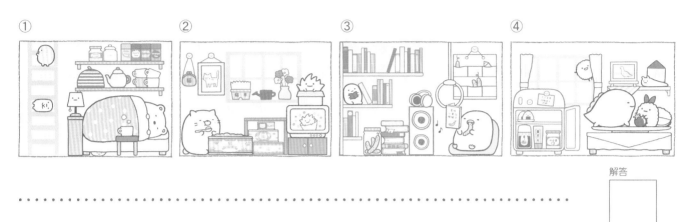

解答

Q.14 「駄菓子屋角落小夥伴」設計主題中，「偽蝸牛」背上的殼，下列何者正確？

解答

Q.15 「在房間角落旅行」設計主題中，
大家一起拍攝旅遊紀念照時，蜥蜴頭上戴的帽子是下列哪一頂？

解答

Q.16 「去蜥蜴家玩」設計主題中登場的「蘑菇」，
下列何者正確？

解答

Q.17 「一起來留宿聚會吧！」設計主題中，下列哪個角色未登場？

高級

① ② ③ ④

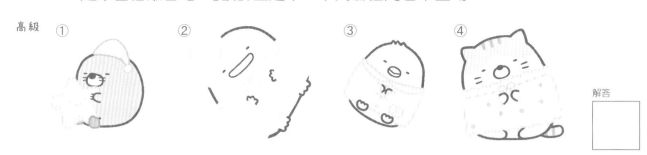

解答

Q.18 「開運系列」中，未登場的人物為何？

① ② ③ ④

解答

★下列插圖中「？」裡的文字為何？　　　　　　　　高級

Q.19　　　　　　　　　　　　　　**Q.20**

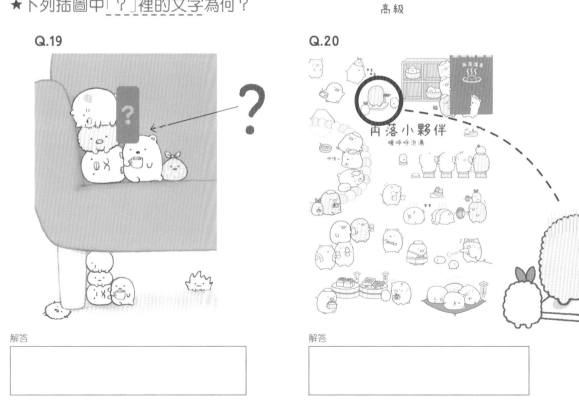

解答

解答

Q.21 「白熊」
是自何方逃跑而來？

① 東
② 西
③ 南
④ 北

解答

Q.22 「白熊」最喜歡的飲料
下列何者描述最符合？

① 冰牛奶
② 熱茶
③ 常溫果汁
④ 青草汁

解答

Q.23 「企鵝？」
一直在尋找的東西是什麼？

① 自己
② 寶物
③ 朋友
④ 戀人

解答

Q.24 「企鵝？」曾經的模樣，
下列何者描述最符合？

① 跌落山谷……？
② 被飛碟綁架……？
③ 被河水沖走了……？
④ 頭上開了花……？

解答

Q.25 「炸豬排」粉紅色的部分
為何？

① 嘴巴
② 油脂
③ 舌頭
④ 瘦肉

解答

Q.26 「炸豬排」的瘦肉占身體比例幾成？

① 100%
② 50%
③ 1%
④ 99%

解答

Q.27 常常飛來啄「炸豬排」的是誰？

① 海鷗
② 燕子
③ 麻雀
④ 貓頭鷹

解答

Q.28 關於「貓」的個性，下列何者描述
最貼切？

① 小氣鬼
② 害羞
③ 愛哭鬼
④ 輕浮

解答

Q.29 「貓」與「蜥蜴」共同喜愛的食物是
什麼？

① 小黃瓜
② 貓罐
③ 茶
④ 魚

解答

Q.30 「蜥蜴」的母親的真實身分
是什麼？

解答

① 恐龍
② 蜥蜴
③ 怪獸
④ 變色龍

Q.31 摸「粉圓」時的手感是什麼？

① 黏答答
② 軟彈
③ 活蹦亂跳
④ Q彈

解答

Q.32 個性最彆扭的「粉圓」
是下列何者顏色？

① 粉紅色
② 黃色
③ 藍色
④ 黑色

解答

Q.33 「雜草」的雙腳
是什麼？

① 樹枝
② 巧克力
③ 根
④ 藤蔓

解答

Q.34 其實是一隻背著殼的蛞蝓。
這個角落小小夥伴的
全名為何？

① 說謊蝸牛
② 偽蝸牛
③ 蝸牛
④ 蛞蝓蝸牛

解答

Q.35 「飛塵」最怕的是什麼？

① 水
② 棉花糖
③ 鹽
④ 砂糖

解答

Q.36 和「麻雀」感情最好的是誰？

① 貓頭鷹
② 老鼠
③ 長頸鹿
④ 企鵝(真正的)

解答

Q.37 「鼬鼠」腳上穿著的是什麼？

① 玻璃靴子
② 靴子
③ 木屐
④ 室內鞋

解答

Q.38 「山」最憧憬的是什麼？

① 富士山
② 聖母峰
③ 金字塔
④ 大海

解答

Q.39 「心慌慌的角落小夥伴散步」設計主
題中，角落小夥伴們乘坐的交通工
具是什麼？

① 電車
② 迷你腳踏車
③ 推車
④ 巴士

解答

Q.40 「海軍扮裝遊戲」設計主題中，
變身成人魚的是誰？

① 蜥蜴
② 炸蝦尾
③ 粉圓
④ 雜草

解答

Q.41 「壽司大會」設計主題中，新登場的人物是誰？

① 蜥蜴（真正的）
② 薑片＆芥末
③ 咖啡豆老闆
④ 麻雀

解答 ☐

Q.42 下列何者在「角落咖啡廳」工作？

① 蜥蜴（真正的）
② 貓頭鷹
③ 幽靈
④ 炸豬排

解答 ☐

★角落小夥伴的堆疊方式，各有名稱。請分別選出A、B的正確名稱。

Q.43 A：大家可以一起待在角落的基本堆疊方式。

① 直式堆疊
② 偷偷堆疊
③ 靜靜堆疊
④ 恰恰好堆疊

解答 ☐

Q.44 B：最適合拯救運動不足。

① 抖抖堆疊
② 牽手堆疊
③ 拱形堆疊
④ 肌肉堆疊

解答 ☐

Q.45 「蜥蜴的母親」上了新聞版面時，被稱為什麼？

① 水怪
② 棘背龍
③ 龍
④ 劍齒虎

解答 ☐

Q.46 「暖烘烘貓日和」設計主題中，「白熊」想變身成「貓」的理由為何？

① 想要跳得很高
② 想要陰晴不定過生活
③ 看起來很溫暖
④ 想要叫聲「喵一」撒嬌

解答 ☐

Q.47 「角落小夥伴的便當」設計主題中，角落小夥伴們在哪裡吃便當？

① 房間角落
② 學校角落
③ 庭院角落
④ 廚房角落

解答 ☐

Q.48 「白熊的朋友」設計主題中，「企鵝？」與「企鵝（真正的）」拿什麼乾杯，成為朋友？

① 冰
② 紅酒
③ 果汁
④ 小黃瓜

解答 ☐

193

你好…

這位是新來的

Q.49 「在房間角落旅行」設計主題中，角落小夥伴們可以享受「旅行心情」的契機為何？

① 角落新聞
② 貓讀過的美食導覽書
③ 企鵝(真正的)寄來的信
④ 夾子不知從哪裡夾來的地圖

解答

Q.50 角落小夥伴的神「角落神」可以變出什麼？

① 柔毛
② 小黃雞
③ 流星
④ 乾淨的飛塵

解答

Q.51 「平日的角落小夥伴」設計主題中，角落小夥伴們在早上會做什麼？

① 洗澡
② 收音機體操
③ 打掃
④ 慢跑

解答

Q.52 「角落小夥伴讀書趣」設計主題中，「貓」躲在書後面做什麼？

① 吃飯糰
② 作弊
③ 抓抓
④ 看手機

解答

Q.53 「企鵝冰淇淋」設計主題中「企鵝？」到冰淇淋店打工的契機，下列何者正確？

① 不想輸給在店裡工作的企鵝(真正的)
② 零用錢不夠
③ 被美味的哈密瓜冰淇淋感動
④ 夢想能做出究極的角落冰淇淋

解答

Q.54 「開運系列」中未曾出現的設計主題名稱為何？

① 開運！招財貓項目
② 好運旺旺角落神社
③ 麵衣脆脆櫻花開!? 合格神社
④ 角落神社 櫻花盛開開運祭

解答

Q.55 「角落小夥伴社團」設計主題中「炸豬排」與「炸蝦尾」在啦啦隊，使用何者當作加油彩球？

① 粉圓
② 飛塵
③ 麵衣
④ 雜草

解答

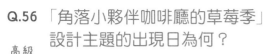

Q.56

「角落小夥伴咖啡廳的草莓季」
設計主題的出現日為何？

高級

① 2020年2月
② 2019年11月
③ 2019年2月
④ 2018年11月

解答

Q.57

下列角色中，何者最早登場？

高級
① 砂丘
② 水獺
③ 角落神
④ 企鵝（真正的）

解答

Q.58

「角落小夥伴×山手線」中，日本的
改裝電車自何時開始運行？

高級
① 2017年7月
② 2018年7月
③ 2018年11月
④ 2019年11月

解答

Q.59

最早發售的任天堂Switch
遊戲為何？

高級
① 角落小夥伴
　學校生活開始囉
② 角落小夥伴
　集合啦！角落小夥伴小鎮
③ 角落小夥伴
　歡迎光臨角落主題樂園
④ 電影 角落小夥伴
　和魔法繪本裡的新朋友一起玩！
　繪本的世界

解答

角落小夥伴檢定
模擬考試題

Q.60

《角落小夥伴電影
魔法繪本裡的新朋友》
日本的首映日為何？

高級
① 2019年11月1日
② 2019年11月8日
③ 2019年11月15日
④ 2019年11月22日

解答

辛苦了！
解答請見下一頁。

195

A.01 ④
参考P8

A.08 ③
参考2020年8月
「粉圓主題樂園」主題、
P13、P89、P162

A.02 ④
参考P69

A.09 ①
参考P97

A.03 ①
参考P9

A.10 ②
参考P8

A.04 ①
参考P10

A.11 ②
参考P30

A.05 ④
参考P6
　　　P71
　　　P87

A.12 ③
参考P38

A.06 ④
参考P10

A.13 ④
参考P40

A.07 ②
参考P12

A.14 ①
参考P77

A.15　①
參考P90

A.16　①
參考P103～P107

A.17　④
參考P144～P149

A.18　①
參考P172～P175

A.19　想待在這裡
參考P20

A.20　99%
參考P37

A.21　④ 北
參考P5

A.22　② 熱茶
參考P5

A.23　① 自己
參考P6

A.24　③ 被河水沖走了……？
參考P6

A.25　④ 瘦肉
參考P7

A.26　③ 1%
參考P7

A.27　③ 麻雀
參考P7、P12

A.28　② 害羞
參考P8

A.29　④ 魚
參考P9

A.30 ① 恐龍
參考P14

A.31 ④ Q彈
參考P10

A.32 ④ 黑色
參考P10

A.33 ③ 根
參考P11

A.34 ② 偽蝸牛
參考P11

A.35 ① 水
參考P11

A.36 ① 貓頭鷹
參考P12

A.37 ② 靴子
參考P13

A.38 ① 富士山
參考P94

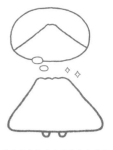

A.39 ① 電車
參考P26

A.40 ③ 粉圓
參考P46

A.41 ② 薑片&芥末
參考P53

A.42 ③ 幽靈
參考P62

A.43 ① 直式堆疊
參考P69

A.44 ③ 拱形堆疊
參考P69

A.45 ① 水怪
參考P73

A.46	③ 看起來很溫暖 參考P80	
A.47	③ 庭院的角落 參考P84	
A.48	④ 小黃瓜 參考P88	
A.49	③ 企鵝（真正的） 寄來的信 參考P94	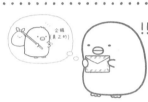
A.50	④ 乾淨的飛塵 參考P97	
A.51	② 收音機體操 參考P101	
A.52	① 吃飯糰 參考P108	
A.53	③ 被美味的 哈密瓜冰淇淋感動 參考P114	

A.54	① 開運！招財貓項目 參考P172～P175	
A.55	② 飛塵 參考P176	
A.56	① 2020年2月 參考P150	
A.57	④ 企鵝（真正的） 參考P86	
A.58	① 2017年7月	
A.59	③ 角落小夥伴 歡迎光臨角落主題樂園	
A.60	② 2019年11月8日 參考P183	

大家一起
鑽研角落吧。

角落小夥伴相關情報如下

角落小夥伴的最新情報
都在官方app

☺ 角落小夥伴通信(app版)
www.san-x.co.jp/sumikko/app/

☺ 角落小夥伴官方Twitter
https://twitter.com/sumikko_335

角落小夥伴
官方網站

☺ 角落小夥伴通信
http://www.san-x.co.jp/sumikko/

角落小夥伴檢定官方網站
https://www.kentei-uketsuke.com/sumikko/

謝謝大家把整本都看完　　角落小夥伴們感謝你♪

角落小夥伴檢定官方指定用書

角落小夥伴大圖鑑 增訂版

總 編 輯　賈俊國
副總編輯　蘇士尹
編　　輯　高懿萩
行銷企畫　張莉榮‧黃欣‧蕭羽猜
翻　　譯　高雅洖

發 行 人　何飛鵬
法律顧問　元禾法律事務所 王子文律師
出　　版　布克文化出版事業部
　　　　　台北市南港區昆陽街 16 號 4 樓
　　　　　電話：02-2500-7008 傳真：02-2502-7676
　　　　　E-mail：sbooker.service@cite.com.tw
發　　行　英屬蓋曼群島商家庭傳媒股份有限公司城邦分公司
　　　　　台北市南港區昆陽街 16 號 5 樓
　　　　　書虫客服服務專線：02-25007718；25007719
　　　　　24 小時傳真專線：02-25001990；25001991
　　　　　劃撥帳號：19863813；戶名：書虫股份有限公司
　　　　　讀者服務信箱：service@readingclub.com.tw
香港發行所　城邦（香港）出版集團有限公司
　　　　　香港灣仔駱克道 193 號東超商業中心 1 樓
　　　　　電話：+852-2508-6231　　傳真：+852-2578-9337
　　　　　E-mail：hkcite@biznetvigator.com
馬新發行所　城邦（馬新）出版集團 Cite (M) Sdn. Bhd.
　　　　　41, Jalan Radin Anum, Bandar Baru Sri Petaling,
　　　　　57000 Kuala Lumpur, Malaysia
　　　　　電話：+603-9057-8822
　　　　　傳真：+603-9057-6622

staff

特集設計　前原香織
編輯協力　橫溝由里‧SHIROIOMOCHI
　　　　　桐野朋子‧川崎聖子‧酒田理子（San-X株式會社）
照片加工　齊藤正次
編　　輯　盧川明代（主婦與生活社）

印　　刷　卡樂彩色製版印刷有限公司
初　　版　2021 年 6 月
初版24刷　2024 年 5 月
定　　價　499元
I S B N　978-986-5568-306

城邦讀書花園　　布克文化
www.cite.com.tw　　WWW.SBOOKER.COM.TW